ROMANS HISTORIQUES

DE

C. F. VAN DER VELDE,

TRADUITS DE L'ALLEMAND, ET PRÉCÉDÉS DE NOTICES

PAR A. LOÈVE-VEIMARS.

PAUL DE LASCARIS,

OU

LE CHEVALIER DE MALTE.

ASMUND

THYRSKLINGURSON.

GUNIMA.

IMPRIMÉ CHEZ PAUL RENOUARD,

RUE GARENCIÈRE, Nº 5.

PAUL
DE LASCARIS,

OU

LE CHEVALIER DE MALTE,

PAR

C. F. Van der Velde.

TOME PREMIER.

A leurs mâts, sur les mers, flottait la blanche croix
Et le Turc effrayé se cachait à leur voix.

PROLOGUE DU CHEVALIER.

DEUXIÈME ÉDITION.

A PARIS,

CHEZ JULES RENOUARD, LIBRAIRE,

RUE DE TOURNON, N° 6;

ET CHEZ Ch. GOSSELIN, LIB. DE S. A. R. Mgr. LE DUC DE BORDEAUX,

RUE SAINT-GERMAIN-DES-PRÈS, N. 9.

M. DCCC. XXVIII.

PAUL DE LASCARIS,

ou

LE CHEVALIER DE MALTE.

CHAPITRE PREMIER.

Un des plus beaux jours du printemps
de l'année 1657, un jeune étranger s'a-
vançait vers le palais du Grand-Maître de
l'ordre de Malte, à La Valette. Ses vêtemens et sa tournure annonçaient un gentilhomme allemand. Il paraissait toucher
à cette brillante époque de la vie où le
jeune homme vient de secouer la faiblesse
de l'enfance, mais n'en a pas encore perdu
l'innocence et le charme. L'aspect de cette
belle résidence, patrie de la chevalerie
moderne, lui semblait aussi nouveau

qu'admirable. Ses yeux parcouraient rapidement les vues sinueuses de cette mon-
tagne couverte d'édifices, et suivaient avec
curiosité tous les mouvemens d'une popu-
lation dont les costumes divers, italiens et
africains, faisaient un contraste bizarre
avec les pierres éclatantes de blancheur
qui couvraient le sol, et dont chaque maison était construite. Mais ses regards re-
venaient toujours vers la grande croix
d'albâtre, seul ornement du portail du
palais, sur laquelle ils s'attachèrent enfin.
Un des gardes-du-corps du Grand-Maître,
placé en sentinelle près de la porte, avait
remarqué le jeune homme, et il le consi-
dérait avec intérêt, et, comme s'il eût cru
reconnaître un compatriote à ses boucles
de cheveux blonds; il s'approcha de lui
avec cordialité.

— Permettez-moi de vous demander,
mon jeune sire, dit-il, si vous avez ici
quelque affaire; peut-être puis-je vous y
être bon à quelque chose?

— Je suis chargé d'une commission pour
le Grand-Maître, répondit l'étranger.

— En ce cas, il faut prendre un peu de patience; Son Altesse a convoqué aujourd'hui un conseil extraordinaire; vous voyez d'ici l'étendard de l'ordre planté à la fenêtre de la salle des délibérations; mais vous n'aurez pas long-temps à attendre, car leurs seigneuries sont déjà restées cinq heures en séance.

— Les Allemands sont renommés pour leur patience, répondit le jeune homme en souriant; j'attendrai.

Dans ce moment, plusieurs jeunes gens du même âge que l'étranger s'avancèrent vers le portail. Ils portaient des écharpes blanches; leurs pourpoints écarlates étaient enrichis d'or, et une aigrette blanche surmontait leurs barrettes de velours noir. Leurs jeux et leur gaîté annonçaient que rien ne troublait l'humeur enjouée de leur âge. Un vieux gouverneur à barbe grise les gourmandait sur leurs bruyans ébats, qui pouvaient troubler le conseil de l'ordre.

— Voici les pages du Grand-Maître, dit le garde; ils viennent à propos, je vais

en appeler un qui vous annoncera chez
Son Altesse. Un d'eux s'approcha en effet;
c'était un jeune homme d'une taille élevée; sa beauté était celle d'un ange, mais
d'un ange après sa chute; l'ironie et l'orgueil se montraient à chaque mouvement
de ses lèvres; ses yeux noirs laissaient
deviner une méchanceté dont ils ne dé-
guisaient pas les mouvemens, et l'arro-
gance et la colère se lisaient sur ses sourcils arqués. Il mesura le jeune Allemand
de la tête jusqu'aux pieds, et lui demanda
avec importance et sécheresse ce qu'il
voulait en ces lieux.

Le plus vif incarnat se répandit sur les
joues de l'étranger ; il sut cependant ré-
primer ce mouvement. — Je vous prie, ré-
pondit-il, de m'annoncer chez le Grand-
Maître, à l'issue du conseil.

— Vous semblez croire que ce soit une
chose facile que d'arriver jusqu'à Son Altesse, répartit avec hauteur le page. Quelle
affaire vous amène chez lui ?

— Ma commission est pour le Grand-
Maître, répondit l'Allemand en appuyant

sur ces mots; j'ai une lettre à lui remettre.

— Donnez-la-moi, dit le page, en étendant négligemment la main comme pour la recevoir; je la porterai à Son Altesse et je tâcherai de vous obtenir une audience; je puis me glorifier d'avoir quelque crédit auprès d'elle.

— J'ignore ce dont vous avez à vous glorifier, répondit le jeune homme, aigri de l'insolence du page, mais je sais comment je dois me conduire; je suis chargé de remettre moi-même cette lettre au Grand-Maître, et je compte faire ma commission.

— De cette manière vous pourrez bien ne pas la faire du tout, répliqua celui-ci avec un sourire dédaigneux.

— Heureusement, répartit l'Allemand, vous n'êtes pas l'unique serviteur de celui qui commande ici; s'il en était ainsi, je serais fort malheureux.

Le page toisait avec des yeux toujours plus animés ce nouvel antagoniste. Une sorte de jalousie semblait se mêler à sa colère. — Peut-être, lui dit-il enfin avec

une expression haineuse, venez-vous ici
pour augmenter le nombre de nos pages?

—Les camarades que je pourrais y ren-
contrer m'ôteraient ce desir, répliqua l'Allemand avec vivacité; mais si telle était
mon intention, vous seriez bien certainement le dernier dont je voudrais supporter les dédains.

— Le dernier ! s'écria le page, et il
porta vivement la main à la garde de son
épée.

— Ce n'est pas ici où votre envie de
dégaîner pourrait se satisfaire, dit l'étranger; prenez un autre temps et un autre
lieu, vous m'y trouverez.

— Défendez-vous où je vous... L'épée
de l'Allemand était déjà tirée, mais les
gardes s'élancèrent entre eux et les sépa-
rèrent. — Etes-vous en démence, jeunes
gens ? s'écria leur capitaine en saisissant
le page avec violence.

— Cette enceinte est sacrée, murmura
le vieux garde.allemand à son protégé.

— Vous avez raison, et c'est ce que je

pensais, répondit celui-ci en remettant son épée dans le fourreau.

— Nous nous retrouverons, s'écria le page, et il disparut dans l'intérieur du palais.

— En vérité, cette île ne me fait pas un accueil bien hospitalier, dit le jeune étranger.

— Ecoutez, jeune homme, répondit le vieux garde, je n'ai guère remarqué en vous les effets de cette patience allemande dont vous vous étiez vanté; je croirais volontiers qu'il coule du sang italien dans vos veines, et pour un solliciteur, vous avez été par trop sec avec ce page.

— Je lui ai répondu sur le ton qu'il a pris pour me parler, reprit l'Allemand.

— Je suis à demi coupable dans cette affaire, continua le garde; j'aurais dû vous dire que ce jeune homme est le fils adoptif et le favori du Grand-Maître.

— J'en aurais été fâché pour le Grand-Maître, mais certainement je n'aurais pas agi ni parlé autrement.

— Je tâcherai de tout réparer, s'il en

est encore temps, dit le garde; le Grand-Maître est fort accessible, et j'irai moi-même vous annoncer dès que je serai relevé de ma garde. Dans le cas où Paolo aurait pris les devants auprès de lui par quelque mensonge, je raconterai comment tout s'est passé; vous n'avez plus rien à perdre auprès des pages; ils sont entre eux comme des coqs qui se battent ensemble tout le temps qu'ils sont seuls; mais s'il en paraît un nouveau, ils se réunissent pour le déchirer.

Le tambour battit, et les gardes coururent aux armes. Les portes du palais s'ouvraient, la séance du conseil était terminé, et quarante jeunes chevaliers, qui venaient de recevoir leurs derniers ordres pour une nouvelle expédition, descendaient le grand escalier de marbre du palais. Ils étaient prêts à partir; la dalmatique rouge à croix blanche recouvrait en partie leur armure; ils se dirigèrent vers le port où leurs galères les attendaient déjà. Après eux sortirent les deux plus anciens chevaliers des sept langues de l'ordre; leur marche que l'âge avait appesantie était à peine soutenue par les bâtons dont ils cherchaient à l'aider. Leurs manteaux échancrés dont les plis nombreux laissaient apercevoir les emblèmes de la Passion qui les couvraient, étaient noirs et ornés d'une croix blanche; enfin parurent les grands-croix, distingués par des robes longues et traînantes que décorait une double croix. Ils étaient chargés des recueils des lois qu'ils portaient avec respect; encore dans l'intérieur du palais, ils se placèrent dans leurs chaises à porteurs.

— Tout ceci vous étonne? demanda le garde au jeune étranger, au moment où le cortège venait de passer.

— J'admire ces guerriers, répondit celui-ci; mais j'ai vu avec un sentiment pénible ces vieillards accablés sous le poids des années, et qu'on fatigue encore d'affaires aussi importantes, lorsqu'ils sont si proches de la tombe. Pour les chaises à porteurs, je ne les trouve guère dignes de vieux soldats.

Une voix grave, mais douce, se fit entendre derrière lui : — C'est la force exécutive dans tout son éclat que vous considérez dans les guerriers armés, jeune homme, et c'est ce qui plaît naturellement à votre âge; puis, vous avez vu la raison, le bon conseil, qu'on doit se garder de mépriser, si l'on veut assurer le succès de l'exécution. Pour ces vieillards portés dans leurs litières, ils ont vaillamment combattu pour la chrétienté, et ont rassemblé, au prix de leur sang, les trésors de l'expérience. La plus belle ambition d'un jeune homme comme vous doit être de marcher sur leurs traces, et il n'a pas le droit de s'étonner des honneurs dont on les récompense, et qu'ils ont achetés si chèrement.

L'étranger s'était retourné vers celui qui lui parlait : c'était un homme d'une haute stature, dont la taille élancée était en partie cachée par le manteau noir de chevalier. Une dignité sévère était empreinte sur tout son visage, où le chagrin et la douleur avaient laissé des traces profondes.

— Vos paroles et votre regard, noble

chevalier, répondit le jeune homme avec un peu d'embarras, me font vivement sentir que j'ai porté un jugement précipité; c'est un tort dont la jeunesse se rend souvent coupable, mais pour lequel elle trouve son excuse en elle-même.

—Voilà ce qui s'appelle bien répondre, s'écria le garde, qui avait entendu cet entretien, quoiqu'il eût lieu à quelques pas derrière lui; et, en disant ces mots, il tourna la tête.

—Jésus Maria! Son Altesse! s'écria-t-il en reconnaissant le nouvel interlocuteur; mais ce dernier, dont les yeux s'étaient fixés avec une attention remarquable sur le jeune étranger, lui fit signe de se taire. Sa bouche était déjà ouverte pour appeler la garde à rendre les honneurs qu'elle devait à son souverain, mais les mots expirèrent sur ses lèvres.

—Vous desiriez me voir, dit le Grand-Maître, car c'était lui-même. Vous êtes annoncé; je vous attends dans mon cabinet. Il rentra dans le palais, et le jeune Germain se précipita sur ses pas.

CHAPITRE II.

—Vous avez une lettre pour moi, dit le Grand-Maître au jeune étranger, quand ils furent arrivés dans son cabinet. Si c'est une lettre de recommandation, je trouve qu'elle n'était pas nécessaire. Vous portez sur votre visage la meilleure de toutes. N'allez pas prendre trop de vanité de ce que je vous dis, car ce n'est point de ce que vous pouvez avoir de remarquable dans l'extérieur que je veux parler; c'est de la pureté de l'âme, de l'honnêteté du cœur, qui se retracent sur votre visage. Conservez-les l'une et l'autre, et un demi-siècle frappera sur votre tête sans altérer cette beauté. Donnez-moi votre lettre ; comment vous nommez-vous ?

—Paul de Flamming, répondit le jeune homme.

— Paul de Flamming! s'écria le Grand-Maître avec l'accent de la surprise et de la joie; mais il fit un effort sur lui-même, se remit, et lut attentivement la lettre. Des larmes coulaient le long des joues du vieillard, pendant que ses yeux restaient fixés sur le jeune homme avec une expression indéfinissable.

—Ta mère n'est donc plus, mon cher fils, lui dit-il enfin avec une voix altérée.

— Ma tante? veut dire Votre Altesse, la sœur de mon père, car elle s'appelait comme moi, et elle mourut sans avoir été mariée. Je n'ai jamais connu mes parens.

— Pauvre orphelin! s'écria le Grand-Maître, et il le pressa contre son cœur.

— Je n'ai pas à me plaindre; ma tante eut toujours pour moi la tendresse d'une mère; et, si jamais j'acquiers quelque valeur, c'est à ses soins prévoyans que je le devrai.

En proie aux impressions les plus di-
verses, le Grand-Maître s'approcha d'une
fenêtre où il lut une seconde fois la lettre.
— Son amour était aussi noble que vrai,
s'écria-t-il enfin, comme son cœur; et elle
a préféré la palme d'une rigoureuse abné-
gation aux myrtes les plus doux!

Ses yeux tombèrent sur la croix qui
décorait sa poitrine. — Es-tu satisfait,
symbole redoutable, dit-il à voix basse.
Depuis si long-temps tu es pour moi le
signe funéraire qui me sépare du passé,
deviens à présent le gage d'une autre vie.
Vous m'êtes suffisamment recommandé,
jeune homme, ajouta-t-il. En quoi puis-je
vous servir? Qu'êtes-vous venu chercher à
Malte?

— La croix des chevaliers, très vénérable Grand-Maître, répondit Flamming.

— La croix! s'écria le premier avec surprise.

— Tel a toujours été le plus beau rêve
de mon enfance; dès mes plus jeunes années, j'ai senti que je devais devenir un
soldat; mais l'histoire m'a bientôt appris

que la plupart des guerres qu'entrepren-
nent les rois sont odieuses ou injustes, et
jamais je ne sortirai l'épée du fourreau
pour une mauvaise cause. C'est ce que je
n'ai pas à craindre dans votre ordre sacré,
qui ne combat que pour la défense de la
chrétienté, et n'attaque que les hérétiques,
ses éternels ennemis.

—Voilà une résolution fort louable, dit
le Grand-Maître qui regardait toujours le
jeune homme avec la plus tendre bienveillance; mais avez-vous réfléchi à la sévé-
rité des vœux que nous prononçons?

—J'y ai pensé souvent; mais j'ai su de
bonne heure vouloir avec force et m'atta-
cher sans faiblesse à ce que j'entreprends,
quand une fois j'ai reconnu que mon but
est louable; aussi les engagemens des
chevaliers de l'ordre de Malte ne m'ef-
fraient pas.

— Vous avez une foi solide, jeune
homme, lui dit le Grand-Maître en lui met-
tant la main sur l'épaule; mais bien des
hommes, qui savaient aussi vouloir, ont
vu leur volonté faire naufrage sur la mer

de la vie, si pleine d'écueils et de syrènes.
Une question, comme un père l'adresserait
à un fils : Avez-vous jamais aimé?

—Vous parlez sans doute de l'amour des
femmes? répondit Flamming en ouvrant
avec étonnement ses grands yeux bleus, je
n'ai jamais aimé ainsi.

— Telle est sans doute ta volonté, Seigneur tout-puissant! s'écria le Grand-
Maître avec une ferveur douloureuse; le
sacrifice de cette âme si pure doit être
l'expiation du passé. Que tout soit accompli comme tu l'ordonnes; et, se tournant
vers Flamming, il lui dit avec effusion :
Nous verrons bientôt si l'ambition qui
vous a conduit ici est une vocation réelle.
Jusque-là, il ne faut rien précipiter; d'ailleurs, sans la croix vous pouvez encore
servir le Seigneur et combattre pour sa
cause. Je vous reçois au nombre de mes
pages; allez vous annoncer chez le vénérable frère drapier, en lui disant que c'est
moi qui vous envoie. Adieu, mon fils :
votre présence a réveillé dans mon âme des
orages qui y sommeillaient depuis long-

temps. J'ai besoin d'être seul et de prier.
Adieu donc!

En prononçant ces dernières paroles, le
Grand-Maître posa avec tendresse sa main
sur la tête du jeune étranger, qui la pressa
contre ses lèvres et partit. Quand il se fut
éloigné, le vieillard se jeta à genoux; ses
yeux mouillés de larmes s'attachèrent sur
un Christ, et il se frappa la poitrine en
s'écriant: — Seigneur, Seigneur, sois mi-
séricordieux!

CHAPITRE III.

Le frère drapier était un petit vieillard grondeur. Il considéra long-temps le nouveau page, en secouant la tête d'un air chagrin. — Un beau jeune homme, dit-il enfin en murmurant, trop beau même; car plus le masque est agréable, moins on doit attendre de celui qui le porte. C'est presque la seule faiblesse de notre digne Grand-Maître, de se fier ainsi à un beau visage, et cependant que de fois n'a-t-il pas été trompé! Nous en avons plus d'un exemple; mais à quoi cela sert-il? Le maître le veut; il faut bien que le pauvre frère drapier obéisse, bien qu'il en sache plus long qu'on ne pense. Il tira une cloche. — Dites à messire Paolo de m'apporter du magasin un costume de page, pour un jeune homme de sa taille, dit-il en donnant une clef à un frère servant qui était accouru.

Le servant sortit, et le drapier, toujours murmurant entre ses dents, se mit à se promener à grands pas dans la chambre. Tout-à-coup il s'arrêta devant l'étranger, et ses yeux se fixèrent sur ceux du jeune homme, qui semblaient exprimer la douleur que lui faisait éprouver un si mauvais accueil. Enfin, le vieillard parut se radoucir, et il s'écria : — Vous êtes encore bien pur, ou bien profondément corrompu !

— C'est ce que vous saurez lorsque vous me connaîtrez davantage, mon digne sire, dit paisiblement le jeune homme.

Frappé du reproche qu'il trouvait dans ses regards, le vieux frère se rapprocha de lui, et lui demanda plus amicalement ; — Où en êtes-vous avec les finances du voyage, mon fils ?

— Mon passage est payé jusqu'à Malte, répondit Flamming.

—Oh! simplicité! dit le vieillard en riant.
Nous appelons ici les finances du voyage,
les droits de bonne venue que paient les
récipiendaires. Ils consistent en deux cent
cinquante écus d'or ou cinq cent vingt
pistoles, comme on dit aujourd'hui.

—Je suis loin de posséder cette somme,
dit à demi-voix le pauvre Flamming en tirant une petite bourse fort légère, et la
soupesant avec tristesse.

— Mais vous avez apporté vos pièces
généalogiques, j'espère? continua le drapier, et il se mit de nouveau à éclater de
rire en voyant le jeune candidat qui gar-
dait le silence. Mais, mon enfant, ajouta-
t-il, comment avez-vous pu venir sans
apporter ce qui vous est le plus indispen-
sable?

—J'apporte à Malte un cœur loyal, une
volonté droite et un bras vigoureux, répondit Flamming avec chaleur; je croyais que
cela suffisait pour servir Dieu et les hommes.
Les infidèles auxquels j'abattrai la tête ne
me demanderont pas mon arbre généalo-
gique!

—Bien répondu, sire de Flamming, dit le drapier surpris. Mais, ajouta-t-il, avez-vous parlé avec le Grand-Maître à ce sujet?

— Non, dit Flamming; il m'a seulement ordonné de me rendre auprès de vous.

—Cela veut dire qu'il répond de tout, murmura le drapier. Vous allez lui coûter une belle somme d'argent! Êtes-vous au moins digne d'une faveur si grande?

— Puisque vous en doutez si fort, mon digne sire, répondit Flamming échauffé, veuillez donc me dire ce que vous avez à me reprocher?

—Racontez-moi d'abord la querelle que vous avez eue, il y a une heure, devant la porte du château, avec un de nos pages, dit le drapier.

Flamming parla sans détour. Le vieillard, qui l'écoutait avec attention, fronça le sourcil lorsque son récit fut achevé, et lui demanda sévèrement: — M'avez-vous bien dit la vérité?

— Je ne mens jamais! s'écria Flamming dont le visage se couvrit de rougeur.

En ce moment, le beau Paolo entra dans la chambre avec les vêtemens du nouveau page. A la vue de Flamming, les traits de son visage se contractèrent de colère et d'effroi.

— L'Allemand qui va devenir votre compagnon me raconte la chose tout autrement que vous l'aviez fait, dit le drapier d'un ton grave; il paraît que vous étiez l'agresseur, et que vous avez dégaîné le premier. Qui de vous deux a raison?

Paolo baissa les yeux, et garda le silence.

— Faut-il que j'appelle les trabans? reprit le drapier d'une voix menaçante.

— Non, digne sire! dit Paolo d'un air suppliant. Pardonnez-moi mon étourderie!

— Pour des étourderies de jeunesse, je vous en pardonnerais vingt, s'écria le drapier d'une voix tonnante; mais une bassesse!... C'est la troisième fois que vous me faites un mensonge. Vous allez vous rendre à la tour jusqu'à nouvel ordre; je rapporterai l'affaire au Grand-Maître.

— Ne me perdez pas ! s'écria Paolo en embrassant ses genoux.

— Je fais mon devoir, dit le drapier en le repoussant. Je dois dessiller les yeux de mon digne ami, afin qu'il voie quel serpent il a réchauffé dans son sein.

— Alors, je suis perdu sans retour ! dit Paolo en gémissant.

— S'il m'était permis d'intercéder en faveur de mon jeune camarade, dit Flamming avec noblesse, je vous supplierais de lui pardonner, mon digne sire.

— Ce jeune homme est plus juste que vous, dit le drapier à Paolo. Si vous sentez le prix de sa conduite, il me restera quelque espoir de vous voir améliorer la vôtre.

Paolo tendit la main à Flamming en pleurant; celui-ci la pressa avec cordialité.

— Le sire de Flamming, dit le drapier, s'est montré à moi sous un jour si favorable, dans le court entretien que j'ai eu avec lui, que je ne saurais lui refuser sa première prière. Je vous pardonne, Paolo;

mais, par ma croix! à la première faute,
il n'est prière qui vous sauve! Allez, et
tâchez de vous mieux conduire à l'avenir.

Paolo sortit. Le frère drapier s'approcha
amicalement de Flamming, et le baisant
sur le front : — J'ai voulu vous éprouver,
dit-il, c'est là ma manière; mais vous vous
en êtes bien tiré. Ne gardez donc pas de
rancune contre un vieillard qui n'a agi de
la sorte que par prudence. Quant aux
finances, ne prenez aucun souci, je les
ferai moi-même, si le Grand-Maître n'y a
pourvu. Vous êtes un brave jeune homme
qu'il faut conserver pour le bien et l'édifi-
cation de notre saint ordre. Pour les preuves nobiliaires, l'ordre peut accorder des
dispenses : vous les mériterez par vos actions; ce que j'ai vu de vous m'en répond.
Allez maintenant revêtir votre nouveau
costume, et faites-vous montrer votre
chambre. Quand vous trouverez quelque
chose qui vous embarrassera, ou que vous
aurez une demande raisonnable à faire, ne
m'oubliez pas : le vieux frère drapier est
votre ami.

Etonné et joyeux d'un changement si subit dans ce vieillard morose, Flamming se rendit à la chambre qu'on lui indiqua. Lorsqu'il se fut revêtu du brillant costume des pages, il descendit les grandes marches du château pour aller se montrer à son premier protecteur dans l'île, l'honnête traban qui l'avait accueilli. Celui-ci venait d'être relevé de son poste, et se tenait nonchalamment appuyé contre une des colonnes du portique.

— Maria Joseph ! comme vous voilà galamment équipé, s'écria joyeusement le vieux soldat en reconnaissant le jeune homme. Un vrai saint Georges ! Vous ne serez pas long-temps non plus sans combattre le dragon, soyez-en sûr ! Il s'en trouvera plus d'un qui vous enviera votre élévation rapide. Prenez garde aux Italiens, lui dit-il à voix basse ; autant ils vous font d'amitiés, autant ils vous veulent de mal. Défiez-vous surtout.....

Il se tut, car Paolo venait de s'approcher de son nouveau camarade, en l'invitant à venir faire un tour au mail du quartier Floriana, où ils trouveraient, disait-il, une agréable compagnie.

Flamming accepta l'invitation sans remarquer les signes que lui faisait le traban, et les deux jeunes gens s'éloignèrent en se tenant par le bras. Non loin de la place du château, Paolo entra dans une ruelle obscure et fort étroite. Flamming fut frappé de la vue d'une foule de croix peintes sur les murs des maisons, et demanda à son compagnon l'explication de cette singularité.

— Dans tout Malte, répondit Paolo, le duel est sévèrement défendu, excepté dans cette seule rue, où l'on a le privilège de s'égorger : aussi ceux qui ont une affaire d'honneur s'y rendent de tous les coins de l'île, et à chaque individu qui y succombe, le peuple trace une croix sur la muraille, auprès de la place où il est tombé.

— C'est une loi singulière, dit Flamming; mais, à y réfléchir, elle me semble fort sagement conçue pour diminuer cette rage de duels qui s'est emparée de tous les gentilshommes de l'Europe, et qui a déjà coûté à tant de nobles races leurs plus vigoureux rejetons.

— Vous ne semblez pas grand partisan des duels? dit Paolo avec une amertume qu'il cherchait à dissimuler.

— Non pas assez pour chercher des affaires, dit gravement Flamming ; mais toujours prêt cependant à donner cette preuve équivoque de courage, soit qu'on m'y appelle ouvertement ou qu'on le fasse d'une manière indirecte.

— Vous appelez le duel une preuve équivoque de courage? demanda Paolo étonné.

— Très équivoque, répondit Flamming. Croyez-vous qu'il ne se trouve pas en Europe une foule de lâches qui se battent une fois l'an pour se conserver leur existence de gentilshommes, et qui ne tirent l'épée qu'en tremblant d'effroi? Le véritable courage se montre dans une bataille, par des actions braves et réfléchies.

Paolo garda le silence, et ils arrivèrent, sans se parler davantage, sur la magnifi-

2.

que place du Mail , couverte d'une multitude aussi brillante que variée. Des officiers des troupes de l'Ordre , des barons
de Malte , des chevaliers de tous les gra-
des , se promenaient par groupes ou se tenaient autour du jeu de mail, occupés à
juger les coups. Le plus grand nombre
des promeneurs s'était rassemblé devant
les tables d'une auberge , et causait de la
guerre de Candie, qui venait d'éclater
avec plus de fureur que jamais.

Le ton grave et mesuré qui régnait
parmi les chevaliers plut singulièrement
au jeune Allemand. Dans cette foule de
guerriers de toutes les nations, il était
impossible de reconnaître un caractère
général. La fréquentation de tant de dif-
férentes nations avait fait disparaître tous
les préjugés nationaux et effaçait les ridi-
cules de peuple à peuple. Le sautillement
du Français , son extrême confiance en
lui-même ; le phlegme et la formalité de
l'Allemand ; la fierté silencieuse et solennelle de l'Espagnol, semblaient se con-
fondre de manière à donner à chacun un

trait nouveau, sans lui faire perdre entièrement toutefois ses formes distinctives. Flamming observait toutes ces choses en silence, sans se mêler à aucune conversation.

— Eh bien ! comment trouvez-vous ce lieu-ci? lui demanda Paolo en lui présentant un verre de vin de Syracuse.

— Bien au-delà de toutes mes idées, répondit Flamming en portant modestement le verre à ses lèvres, et le rendant au jeune page, après avoir accompli cet acte de fraternité. On reconnaît ici que Malte est, comme on l'a dit, le lieu où se forme toute la jeunesse de l'Europe. Il me semble surtout que c'est une véritable école de politesse, car je n'ai jamais vu les lois des convenances sociales plus dignement observées que parmi tous ces chevaliers.

— Cela est tout naturel, dit Paolo en remplissant de nouveau son verre ; car là où la loi et l'usage forcent à demander raison de la moindre impolitesse, il faut bien observer soigneusement ses actions, afin de n'offenser personne.

— C'est peut-être là le seul avantage du
duel, répondit Flamming, irrité de voir
que ce qui l'avait tant charmé ne reposait
que sur de semblables principes; mais, si
ces délicates attentions qu'on observe ici
ne viennent que de la tête et non du
cœur, elles ne méritent guère qu'on en
fasse cas. A ces mots, il repoussa le verre
que Paolo lui présentait une seconde fois,
et se retourna vers la table voisine pour
écouter une conversation qui devenait à
chaque instant plus animée.

Un jeune chevalier français, qui reve-
nait de sa caravane à Candie, échauffé par
le vin, parlait de la défense du bastion de
Saint-André, à laquelle il avait assisté,
avec toute l'éloquence et les termes pom-
peux de sa nation. Il venait de donner à
entendre que la Canée et Retino n'eussent
pas succombé; que les Turcs n'eussent
pas élevé la nouvelle Candie auprès de
l'ancienne, à la grande confusion des as-
siégés, et que Jacques de Riva eût rem-
porté une victoire plus complète, si les
Vénitiens eussent écouté les avis des che-

valiers français. — Mais, ajouta-t-il, les Vénitiens ne se soucient plus guère de tout ce qui porte la croix aux huit pointes, et l'on ne saurait leur en vouloir. C'est à nous seuls qu'ils doivent cette guerre, qui leur coûtera à la fin la belle Candie, et nos secours ne les servent guère. Nous en faisons juste ce qu'il faut pour ne pas nous faire excommunier.

— Vous feriez bien, mon jeune sire, dit un vieux commandeur, de mieux choisir le temps et le lieu pour parler de choses aussi sérieuses.

Le Français se leva irrité; mais, à la vue de la tête vénérable du commandeur, couverte de cheveux blancs, il reprit sa place en silence. Le commandeur vida son verre et s'éloigna.

Pendant ce temps, Paolo qui avait écouté le Français avec plus d'attention encore que ne l'avait fait Flamming, s'était tourné vers un baron de Malte et s'entretenait avec lui à voix basse. Il s'approcha ensuite du jeune Français, et le pria de vouloir bien lui expliquer la part

que Malte avait prise dans la guerre de
Candie, et comment l'Ordre y avait donné
lieu.

— Malte, répondit le jeune étourdi,
joyeux de l'éloignement du vieux commandeur, Malte n'est pas au fond coupable dans cette affaire ; mais, comme dit
le vieux proverbe : Il faut que les gouver-
nés paient toutes les folies des gouver-
nans. Si Candie succombe, elle aura à dire
pour se consoler, que sa ruine fut causée,
comme celle de Troie, par une femme.

— Est-il possible! s'écria le baron, dont
la curiosité était stimulée au plus haut
degré.

— Oui, oui, reprit le Français : vous
autres, honnêtes insulaires, vous ne savez même pas ce qui se passe le plus près
de vous. Les bouches sont si bien fermées
ici, qu'il m'a fallu m'en aller à Candie, me
faire conter par un capitaine vénitien des
évènemens qui se sont passés à votre
porte.

— Oh! racontez-nous cela, dit le baron ; et le Français, flatté d'attirer tous les

regards, huma gravement un verre de Chypre, et parla ainsi :

« Le grand-turc Ibrahim, de maudite
« mémoire, avait embarqué sa sultane fa-
« vorite et un fils qu'il avait eu d'elle, sur
« un vaisseau qu'il envoyait à la Mecque,
« sans doute pour racheter ses péchés se-
« crets. Notre digne Grand-Maître, à qui
« Dieu donne une longue et glorieuse vie !
« s'empara dudit bâtiment et de quelques
« millions de sequins dont il était chargé.
« La sultane qui était, disent de méchan-
« tes langues, une ancienne connaissance
« de Son Altesse, mourut quelques jours
« après son arrivée à Malte, et le Grand-
« Maître hérita de son enfant et de ses
« trésors. Ibrahim perdit presque l'esprit
« de colère, et voulut au moins ravoir son
« fils. On lui démontra que les sequins et
« le petit Osman ne lui appartenaient pas,
« mais bien à son capi-aga, et qu'ils étaient
« devenus, par les droits de la guerre, la
« propriété de l'Ordre. Le petit Turc fut
« donc baptisé ici, à San-Giovani. La rage
« d'Ibrahim ne connut plus de bornes. Il ne

« parlait de rien moins que de détruire
« Malte. Mais notre Grand-Maître, qui
« mériterait par sa bravoure et son acti-
« vité d'être un Français, avait déjà pris
« ses mesures, et Ibrahim, qui ne se
« souciait pas, comme son prédécesseur
« Soliman, de laisser vingt mille têtes de
« Turcs sur nos rochers, fut obligé de se
« retirer sans bruit. Cependant sa colère
« n'avait pas diminué; il cherchait quel-
« que objet sur lequel il pût la répandre :
« elle tomba sur ces bons Vénitiens. Un
« traité qu'ils avaient conclu avec le Grand-
« Seigneur, les obligeait à nettoyer la mer,
« et à nous en chasser, ou du moins à
« nous reprendre les prises que nous fai-
« sions sur les Turcs. Mais ils n'exécutè-
« rent rien de tout cela, et les 750 vais-
« seaux qu'Ibrahim avait armés contre
« nous allèrent leur rendre visite à Can-
« die. C'est depuis ce temps-là que dure
« cette infernale guerre. Ibrahim fut étran-
« glé, il est vrai, quelques années après,
« par ses fidèles janissaires; mais son suc-
« cesseur Mahmoud a trouvé cette con-

« quête fort de son goût ; et si, en dépit
« des efforts de toute la chrétienté, nous
« voyons un jour le croissant briller sur
« les tours de Candie, nous le devrons
« uniquement à Son Eminence. »

— Je ne saurais contester la vérité de
votre récit, sire chevalier, dit Flamming,
qui avait eu peine à contenir son mécon-
tentement, mais il me semble que vous
parlez là de notre digne Grand-Maître sur
un ton peu convenable.

Le Français toisa le jeune page de la
tête aux pieds, et lui dit en riant ironique-
ment : — Mon enfant, je vois à votre livrée
que vous appartenez au Grand-Maître, et
il convient sans doute au valet de chanter
la louange de celui dont il mange le pain :
mais pour apprendre à un chevalier de
Saint-Jean ce qui est ou non convenable,
vous me semblez encore bien jeune.

— Vous ne devez pas souffrir ces discours, dit Paolo à l'oreille de Flamming.
Tous les pages du Grand-Maître sont in-
sultés en votre personne.

Mais Flamming le repoussa avec impa-

tience, et répondit avec calme au chevalier: —L'habit que je porte doit au moins
vous prouver que je suis un gentilhomme,
et vous auriez dû le respecter, quand
même vous ne devriez nul égard à votre
supérieur. Je suis sans doute trop peu de
chose pour oser défendre la cause de Son
Altesse, mais j'ai du moins le droit de
vous demander raison d'une offense per-
sonnelle.

—En vérité! dit le Français en ouvrant
de grands yeux. Vous verrez qu'il sera
question d'une promenade dans la petite
ruelle!

Flamming baissa la tête en signe d'af-
firmation.

—Eh bien! je vous prêterai le collet,
mon petit page, s'écria le Français, bien
qu'il soit assez nouveau qu'un chevalier
croise l'épée avec un apprenti. Permettez
seulement que je me rende auparavant
à un rendez-vous. Un jeune homme comme vous doit savoir que la courtoisie envers les dames passe avant tout. Dans une
heure, vous me trouverez au lieu que vous

savez. En disant ces mots, il s'éloigna d'un pas léger.

Flamming le suivit des yeux, d'un air sombre. — Depuis que je suis à Malte, voici la seconde affaire que je m'attire par ma vivacité. On finira par me prendre pour un querelleur, et Dieu sait que ce n'est pas là mon caractère.

Paolo s'approcha avec intérêt, comme pour lui donner quelques consolations.

— Ne prenez pas tant de peine, mon camarade, lui dit Flamming avec humeur. Je sais ce que j'ai à faire, et je n'ai besoin pour cela de secours ni de conseils.

Il se leva, et Paolo le regardant s'éloigner se mit à sourire. — Le Français tire admirablement, dit-il, j'ai réussi.

CHAPITRE IV.

FLAMMING parcourait avec impatience la petite ruelle. Il faisait déjà nuit, et la lune ne répandait qu'avec parcimonie ses rayons à travers les nuages que le vent chassait devant elle. Sa lumière éclaira tout-à-coup une croix fraîchement tracée sur la muraille ; le jeune homme s'arrêta devant ce signe lugubre, et le considéra avec attention. — Pour qui sera celle qu'on va faire ? se demanda-t-il tristement. J'espérais parcourir une plus longue carrière !

Il fut arraché à sa rêverie par un bruit de pas rapides qui se fit entendre dans la rue silencieuse, et reconnut son adversaire. A sa vue, il sentit son courage renaître. — Si je succombe, dit-il avec résignation, ce sera pour venger l'honneur du respectable vieillard qui m'a recueilli paternellement sur cette terre étrangère; après tout, c'est une mort dont je dois être fier.

Il alla au-devant du chevalier. — Pardonnez-moi, lui dit celui-ci, si je vous ai fait attendre : avant que de se décider à renverser la coupe de la vie, on n'est pas fâché de la vider encore une fois jusqu'à la dernière goutte. C'est ce que je viens de faire gaîment, et maintenant je suis tout à votre service, si vous n'avez fait de meilleures réflexions depuis que nous nous sommes quittés.

—Que voulez-vous dire, sire chevalier? demanda Flamming.

— Il est de mon devoir, reprit le Français, de vous prévenir que je me bats fort bien, et jamais autrement qu'à mort, car autrement le noble usage du duel ne serait plus qu'un simple jeu d'enfant. Comme votre jeunesse m'intéresse, j'ai voulu vous donner l'occasion de retirer votre défi.

— Les trois ou quatre printemps que
vous avez d'avance sur moi, dit Flamming,
ne vous autorisent ni à avoir pitié de mon
âge ni à douter de ma bravoure. Je pense
donc que nous ferons bien de nous occuper, sans plus de délai, de l'affaire qui
nous amène.

— Comme vous voudrez, répondit le
Français, légèrement ému, et en un clin-
d'œil leurs épées se croisèrent et retenti-
rent dans les ténèbres. Déjà le sang des
deux adversaires, s'échappant de quelques
blessures, teignait leurs vêtemens, et les
excitait encore, lorsque tout-à-coup une
voix pleine de douceur et de charmes, fit
entendre auprès d'eux ces mots:—Arrêtez,
malheureux! Ils s'arrêtèrent l'un et l'autre,
et virent, aux rayons de la lune qui venait
de percer un nuage, une femme, vêtue
d'une longue robe noire, la tête couverte
d'un voile, et la poitrine décorée de la
blanche croix de Saint-Jean.

— Jeunes insensés! leur dit-elle en
étendant une main vers eux, vous êtes
soldats du Christ, et vous répandez votre

sang pour un misérable point d'honneur, lorsqu'il appartient tout entier à la défense de sa croix. Au nom du Sauveur que vous adorez, au nom de la loi, remettez vos épées, et embrassez-vous comme deux frères !

— Voilà un sermon passablement ennuyeux, murmura le Français en essuyant la lame de son épée avec son mouchoir, et la remettant dans le fourreau. Mais Flamming s'écria avec colère : — Je sais, respectable sœur, les égards que je dois à votre sexe et à votre profession ; mais je suis ici pour venger une injure, ici où la loi nous autorise à terminer nos différends. Laissez-nous donc agir comme il convient à des hommes.

En ce moment, un vent léger souleva le voile de la religieuse, et Flamming, frappé de la beauté de celle à qui s'adressaient ses paroles, abaissa respectueusement son épée. La nonne, portant ses regards sur le jeune homme, parut également frappée de surprise, et baissa aussitôt son voile. Un vieux chapelain de l'Ordre, qui

se tenait auprès d'elle, et que l'ombre avait
empêché d'apercevoir, s'approcha de Flamming. — Vous êtes un page de Son Altesse, lui dit-il sévèrement, et vous semblez ignorer encore que, d'après nos saints
usages, l'épée doit rester au fourreau,
même dans ce lieu de sang, lorsqu'une
dame, un prêtre ou un chevalier de l'Ordre le commande.

— Cessez ce combat, jeune homme,
dit la nonne d'une voix suppliante ; ré-
servez votre épée pour une meilleure
cause !

Flamming se sentit maîtrisé par une
puissance inconnue; il ne pouvait se lasser
de contempler cette taille élégante, et les
traits ravissans qu'il avait aperçus étaient
restés gravés dans son âme. Il remit son
épée dans le fourreau, prit amicalement
la main de son adversaire étonné, et s'approcha, plein de trouble, de la jeune religieuse.

— Je t'ai obéi, être divin ! s'écria-t-il
plein d'enthousiasme. Accorde-moi ma récompense; daigne me promettre que je

pourrai contempler encore une fois dans
ma vie ces traits charmans que le hasard
vient d'offrir à mes yeux.

— Jeune homme, dit-elle, émue de ce
mouvement chevaleresque, je ne puis
exaucer votre vœu. Je quitte Malte pour
toujours, cette nuit même. Le vaisseau qui
me ramène dans l'Espagne, ma patrie,
m'attend dans le port.

— Faut-il donc déjà te perdre, beauté
ravissante ! s'écria Flamming.

— Vous semblez oublier, jeune page,
ajouta le chapelain, que vous parlez à
une fiancée du Christ.

— Que le Seigneur vous bénisse et vous
donne sa paix, dit la nonne, et elle ajouta
à voix basse, et qu'il me rende le repos !
En même temps elle disparut. Flamming
voulut la suivre, mais le chapelain lui barra
le passage et le repoussa en disant : —
Sœur Célestine part aujourd'hui pour ren-
trer dans son cloître de Sixena, et voici
le palais du Grand-Maître où votre devoir
vous appelle. Son chemin et le vôtre ne
vous rameneront jamais ensemble.

Flamming obéit tristement, et reprit le chemin du palais. Comme il en approchait, il vit venir au-devant de lui le vieux traban, qui lui cria de loin : — Au nom du ciel, messire le page, qu'avez-vous encore fait? Vous n'avez pas eu le temps de vous sécher de la traversée, et voilà déjà votre seconde affaire !

— Ne te fâche pas, mon vieux camarade, dit Flamming ; tout est déjà fini, et l'égratignure que j'ai reçue ne mérite pas qu'on en parle.

— Prenez garde, reprit le soldat ; le Grand-Maître est ennemi de tous ces combats. On dit qu'il est fort mécontent de vous. Messire Paolo est venu conter que vous aviez été vous prendre de querelle avec un chevalier de l'Ordre, après avoir bu outre mesure.

— Le misérable a encore une fois menti, s'écria Flamming en colère. Il faudra que je lui rompe les os pour le rendre sage.

— Allons, allons, voilà encore votre humeur bouillante, dit le vieux soldat ; cela ne va pas du tout à ce joli visage. Que

tous les saints vous préservent d'aller attaquer messire Paolo! Vous vous brouille-
riez pour toujours avec Son Altesse qui
l'a pris en grande amitié. J'allais vous prévenir de cela, lorsqu'il est venu vous en-
gager à aller à cette maudite promenade.
J'avais beau vous faire signe de refuser, vous
n'allâtes pas moins vous jeter droit dans le
nid aux couleuvres. Je crains bien que ce
ne soit lui qui ait préparé toute l'aven-
ture, afin de pouvoir vous calomnier là-
haut. C'est que je le connais; le baptême
ne l'a pas nettoyé de tout son levain turc,
et je parie que, comme il a occasioné
dans son enfance cette malheureuse guerre
qui a coûté déjà tant de bon sang chrétien,
il attirera quelque jour de grands mal-
heurs sur cette île où il a trouvé une gé-
néreuse hospitalité.

— Comment! demanda Flamming stu-
péfait, Paolo serait le fils de la malheureuse odalisque qui mourut à Malte?

— C'est le jeune Osman, reprit le traban. Il a reçu le nom de Paolo, du Grand-
Maître qui l'a tenu sur les fonts de baptême.

En conversant ainsi, ils arrivèrent au palais. Le gouverneur des pages, qui attendait sous le portail, vint au-devant de Flamming, et le somma de lui rendre son épée. Celui-ci la remit en soupirant, et se laissa conduire, sans mot dire, à la salle des arrêts.

— Ce coup-là part d'une carabine turque, dit le vieux traban qui le suivait. Si vous êtes véritablement innocent, je puis vous servir. Dites-moi seulement le nom du chevalier avec qui vous avez eu affaire.

— C'est un Français, répondit Flamming; mais j'ignore son nom.

— Que Dieu vous aide donc! dit le soldat découragé. Il se décidera difficilement à se faire connaître, si les torts sont de son côté; et comment le retrouver dans ce mail où se rend l'île tout entière?

— Sois sans crainte, mon vieil ami, lui répondit Flamming. Où la justice commande, on est sûr de l'obtenir. J'espère tout du Grand-Maître.

CHAPITRE V.

LE jour suivant, le gouverneur des pages conduisit le pauvre Flamming dans l'anti-chambre du Grand-Maître, et pénétra seul dans l'appartement pour l'annoncer. Quelques momens après, le Grand-Maître parut lui-même, et, faisant signe au gouverneur de s'éloigner, il adressa ces pa-roles à Flamming d'un air sombre: — Je vous avais ouvert mon cœur, jeune homme, et vous m'avez cru faible. Silence! je sais tout, s'écria-t-il avec violence, voyant que Flamming ouvrait la bouche pour se défendre. Si je dois pardonner quelque chose à votre extrême jeunesse, je ne puis cependant pas laisser impuni un page qui

a oublié ses devoirs dès les premiers momens de sa réception. Vous deviez savoir
que tout chevalier est votre supérieur, et
que c'était manquer à la subordination que
d'en provoquer un au combat.

— Par mon honneur ! je l'ignorais, dit
Flamming.

— Ne faites pas que j'ajoute le mépris
à la colère, dit le Grand-Maître. On vous
avait instruit de cette loi.

— Jamais on ne me l'a fait connaître,
s'écria Flamming ; dût-il m'en coûter la
vie, je le soutiendrais à Votre Altesse. Si elle
daignait écouter ma justification, elle se
convaincrait bientôt que j'ai été calomnié.

— Calomnié ! reprit le Grand-Maître ;
vous venez d'élever là une grave accusation, et vous me nommerez sur-le-champ
celui que vous chargez de ce crime.

— Je suis prêt à le faire, dès que vous
daignerez me placer en face de mon accusateur, répliqua Flamming.

— Votre audace est grande ! Mais je
vous conseille de vous modérer en présence de votre souverain. Je ne suis pas

accoutumé à me rendre aux conditions que m'imposent ceux qui doivent m'obéir, et je vous ordonne, sous peine d'encourir ma colère, de me nommer celui que vous soupçonnez.

— Que Votre Altesse veuille se souvenir de l'ordre qu'elle me donne, dit Flamming, si la vérité que je vais lui faire connaître l'afflige. Débarqué hier seulement sur le rivage de Malte, je ne compte ici qu'un ennemi, et je ne puis me tromper, en vous indiquant votre page Paolo comme celui qui m'a rendu ce mauvais service.

Le Grand-Maître fit un mouvement de surprise.

— Serait-il possible ! s'écria-t-il enfin ; puis, cherchant à se remettre : Votre accusateur est Paolo sans doute ; mais d'où concluez-vous qu'il était déjà votre ennemi ?

— Cette circonstance appartient déjà au passé, répondit Flamming ; je l'ai déjà oubliée et pardonnée. Je ne demande pas ici sa punition ; mais je demande qu'on me fasse justice.

— Vous seriez donc innocent ? demanda

1. 3

le Grand-Maître en jetant sur lui des regards scrutateurs. Comment se nomme le
chevalier que vous avez défié?

—Hélas! je l'ignore, répondit Flamming.

—Cela est singulier, dit le Grand-Maître.
Paolo dit aussi qu'il l'ignore; et cela m'é-
tonne encore davantage. La plupart des
chevaliers qui se trouvaient hier à la Floriana ont fait voile ce matin pour aller
croiser devant Tunis. Les uns ont quitté
le mail de bonne heure; d'autres sont arrivés trop tard. Personne ne s'est trouvé à
cette affaire. Qui peut donc déposer en
votre faveur?

Flamming leva avec une pieuse confiance ses beaux yeux bleus vers le ciel.
Tout-à-coup les portes s'ouvrirent, et
Paolo, d'une pâleur mortelle, annonça,
d'une voix à peine intelligible, le chevalier Louis de Montauban, qui suivait ses
pas. Un cri de joie échappa à Flamming en
reconnaissant son adversaire; mais réflé-
chissant aussitôt que l'explication de la
querelle de la veille ne pourrait se faire
sans inconvénient pour le chevalier, devant

le Grand-Maître, et, fidèle à son esprit
chevaleresque, il résolut de garder le silence.

Mais il ne demeura pas long-temps dans
cette pénible incertitude. — Je viens m'ac-
cuser moi-même auprès de vous, Excellence, dit le chevalier en saluant le Grand-
Maître avec grâce. Je viens d'apprendre
par l'un de vos gardes, le vieux Wulf, que
votre page allemand a été arrêté par suite
d'une rencontre qu'il a eue avec moi, et
je ne serais pas digne du nom français si
je n'étais accouru pour vous faire connaître l'innocence de ce jeune homme,
par un récit dont je vous atteste la vérité
sur mon honneur.

— Parlez, chevalier, dit le Grand-Maître
en s'asseyant, et observant attentivement
les deux pages.

— Hier, au mail, commença le chevalier, étant un peu étourdi par le vin, je
parlai fort mal sur le compte de Votre
Excellence...

— Vous vous êtes permis ?... dit le
Grand-Maître avec majesté.

3.

— Oui, Excellence, répondit gaîment le Français, et si le vin avait été meilleur, j'en aurais peut-être dit davantage. M. de Flamming, qui était présent, prit fort mal la chose. A mon tour, je pris fort mal ses reproches, et le poussai si vivement qu'il ne pouvait faire moins que de me donner rendez-vous dans la ruelle, ce que j'acceptai sans égard à la différence des rangs. Nous nous fîmes quelques égratignures, et peut-être aurions-nous fait mieux, si une sœur de l'ordre de Saint-Jean n'était venue nous séparer. Voilà toute l'affaire ; elle ne méritait pas qu'on envoyât un aussi beau jeune homme passer la nuit au cachot.

— On m'avait dit, reprit le Grand-Maître en regardant Paolo avec des yeux étincelans de colère, que Flamming, échauffé par le vin, avait été l'agresseur.

— Celui qui vous a dit semblable chose, s'écria le chevalier, en a menti comme un lâche; que Votre Excellence me permette de le dire. Le pauvre jeune homme était à jeun comme un chartreux, et ses paroles étaient recherchées comme celles d'un chevalier errant, dans un roman espagnol.

—Je vous remercie, Montauban, dit le Grand-Maître avec dignité. Une faute avouée si noblement est déjà réparée. Paul de Lascaris ignorera toujours que vous avez manqué au Grand-Maître. Mais veuillez vous charger d'arrêter ce page, et de le remettre entre les mains du frère drapier.

—Pardon, mon père, s'écria Paolo, aux genoux du Grand-Maître.

— Misérable ! s'écria celui-ci en portant la main à son épée. Eloigne-toi de ma présence, imposteur, si tu ne veux que je m'oublie ! Je renonce à te rendre meilleur, mais je veux du moins arracher le dard au scorpion, afin qu'il ne blesse plus personne.

Le chevalier de Montauban ouvrit la porte au page atterré, et Paolo sortit en se cachant le visage de ses mains. — Ah ! s'écria le Grand-Maître en le suivant des yeux, le ciel punit cruellement les fautes

de ma jeunesse! Puis, se tournant vers Flamming qui était demeuré sans voix, à la vue de tout ce qui venait de se passer :
—Je t'ai offensé injustement, mon fils, lui dit-il, en lui tendant la main; je te prie de me pardonner.

— Au nom du ciel! Excellence, ne parlez pas ainsi à votre serviteur, s'écria Flamming en baisant avec respect la main de Lascaris; le retour de vos bonnes grâces suffit pour me rendre heureux.

— Tu as risqué ta vie pour défendre mon honneur, reprit le Grand-Maître, et je t'en ai bien mal récompensé. Je veux réparer mes torts. Demande-moi une grâce, je te promets de l'accorder. Je sais que tu ne me feras qu'une demande digne de toi et de moi.

— Pardonnez à Paolo, s'écria Flamming avec feu.

— Non, non, mon fils, dit le Grand-Maître, ce serait une faiblesse que mon devoir me défend. Réfléchis, et compte sur ma tendresse. Le pénible devoir de juge m'appelle. Je te reverrai bientôt.

Il entra dans ses appartemens , et Flamming élevant ses regards vers le ciel, s'écria pieusement : — O ma mère, si tu jettes un regard du haut des cieux sur ton fils, ton ombre daignera me sourire. Bénis-moi, j'ai rempli tes vœux et sacrifié mes espérances aux devoirs que tu m'as imposés.

CHAPITRE VI.

L<small>E</small> soleil descendait vers l'occident, lorsqu'un page vint avertir Flamming que le Grand-Maître le demandait pour sortir à cheval. Les chevaux étaient déjà préparés : Flamming tint l'étrier au Grand-Maître, puis s'élança avec grâce sur son coursier, qu'il retint modestement à quelques pas de celui de son supérieur. Mais un signe amical de Lascaris l'appela à ses côtés, et ils galopèrent en silence le long du magnifique aqueduc dont les longues arcades régnaient du sud à l'ouest de l'île, et portaient une eau limpide jusque dans les murs de La Valette. Le Grand-Maître se dirigea vers le sud, et ils pri-

rent leur route à travers des bois d'orangers, des plantations de citronniers, et des
champs de froment, dont la verdure con-
trastait singulièrement avec les pyramides
de pierres blanches qui servaient de li-
mites.

Bientôt ils aperçurent les tours de Ci-
vita-Vecchia, l'ancienne capitale de l'île,
que doraient les rayons du soleil cou-
chant, et ils atteignirent la petite cha-
pelle de saint Paul qui se trouve devant la
ville. Le Grand-Maître descendit de cheval,
sous une porte à quelques pas de l'er-
mitage.—Nous sommes arrivés au but de
notre course, dit-il à Flamming; cette
caverne fut jadis la prison de l'apôtre,
lorsqu'il souffrait pour la foi.

Ils y pénétrèrent : les murs étaient re-
couverts d'un ciment blanchâtre, et l'on
apercevait au fond de la grotte une belle
statue de saint Paul, en marbre blanc. Flamming demanda au Grand-Maître pourquoi
on avait représenté l'apôtre, une vipère à
la main.

—C'est en souvenir d'un miracle de

saint Paul, répondit celui-ci; en débarquant dans l'île, il fut mordu par un de ces reptiles, sans éprouver aucun mal. La légende de Malte rapporte que nul animal venimeux ne s'est montré dans cette île depuis que le saint apôtre les en a bannis. En effet, on n'en pourrait trouver un seul, et des vipères qu'on avait apportées exprès de la Sicile, y sont mortes presque aussitôt leur arrivée.

— C'est en effet un miracle admirable, dit Flamming, et j'y crois sincèrement, bien que saint Lucas n'en ait rien dit dans son histoire des apôtres.

Pendant ce dialogue, le Grand-Maître était tombé dans une profonde rêverie.

— Ah! s'écria-t-il d'une voix sourde, que ne puis-je ainsi détruire les reptiles qui me dévorent!

En disant ces mots, il s'agenouilla devant la statue de l'apôtre, et se mit à prier avec ferveur. Puis il se leva et sortit lentement de la caverne. Flamming le suivit avec une tendre sollicitude, et le trouva

occupé à contempler le coucher du soleil
dont l'aspect est ravissant sous cette lati-
tude. Les derniers rayons du soir colo-
raient les montagnes ; une partie de l'horizon était déjà couvert d'un voile de
pourpre foncé, et reflétait sur la cam-
pagne de douces teintes violettes qui se
rembrunissaient peu-à-peu.

— As-tu pensé à me demander une
grâce? dit le Grand-Maître en voyant Flamming s'approcher. La prière que tu m'as
faite ce matin a été exaucée : j'ai puni,
parce que je le devais ; mais ensuite j'ai
pardonné. Il a été bien doux pour mon
cœur de trouver Paolo moins coupable
que je ne le pensais. Sa faute est celle qui
fit déchoir les anges. Il redoutait tant de
te voir lui enlever mes bonnes grâces, que
tout lui sembla légitime pour t'éloigner. Il
a reconnu sa faute, il s'en repent et je n'ai
pu résister plus long-temps à ses larmes.
Mais, si j'ai tant d'indulgence pour le coupable, comment pourrai-je te récompen-
ser, mon cher Flamming?

— Envoyez-moi contre les infidèles, lui

dit Flamming d'une voix suppliante, afin
que je gagne vitement ma croix.

— C'est là vraiment ta volonté? lui demanda gravement le Grand-Maître; tu con-
sentirais à renoncer à tous les plaisirs de
la vie?

— J'y ai déjà renoncé! s'écria Flamming
vivement ému; j'ai déjà terminé tous mes
comptes avec ce monde, et mon cœur,
demeuré vide, n'aspire plus qu'à acquérir
de la gloire en combattant pour le bien de
la chrétienté.

— Je trouve tes dispositions bien chan-
gées depuis notre première entrevue, dit
le Grand-Maître en secouant la tête. Il faut
qu'il se soit passé en toi des choses ex-
traordinaires. Ouvre-moi ton cœur, mon
fils. La sainte profession à laquelle tu veux
te vouer mérite qu'on ne s'y détermine
qu'avec réflexion, et non par un vain dégoût de la vie, qui n'est que trop souvent
le résultat d'un espoir déçu.

— Vous allez me blâmer, mon père, dit
le jeune homme en se jetant sur le sein du
vieillard; mais je ne puis rien vous taire.

J'aime! J'aime la religieuse de l'ordre de Saint-Jean qui m'apparut hier comme un ange envoyé du ciel. Je vous en conjure, ne me remontrez pas ma folie, mon criminel amour! je le sens moi-même à la douleur qui me déchire, je sais qu'un serment irrévocable me sépare à jamais de la fiancée du Christ, je sais que l'excommunication de l'Eglise et l'épée temporelle menacent le sacrilège qui ose former de semblables vœux, et cependant j'aime encore....... Accordez-moi de grâce le seul bien qui me semble desirable, la croix de votre Ordre, dont la puissance étouffera peut-être dans mon cœur les passions qui le dévorent.

— Je ne puis que te plaindre, mon fils! dit douloureusement le Grand-Maître; tu m'offres un miroir fidèle des fougueuses années de ma jeunesse. Fasse le ciel que ton sort ne soit pas semblable au mien! Je t'assisterai de mes leçons, de mes conseils, et je prierai ardemment pour toi. Ta demande est juste, je te l'accorde.....

Et il détourna la tête pour cacher les pleurs qui coulaient de ses yeux. Ils remontèrent à cheval et revinrent en silence à La Valette.

CHAPITRE VII.

UNE semaine s'était écoulée au milieu des exercices militaires, lorsque Flamming fut appelé auprès du Grand-Maître. Le vieux drapier se trouvait avec Lascaris. Sa tête était couverte d'un heaume, et il portait, par-dessus sa cuirasse, la dalmatique rouge, décorée d'une croix blanche. Il tendit amicalement la main à son jeune ami.

—Ton désir est rempli, Flamming, dit le Grand-Maître; les Barbaresques se remontrent en force dans les eaux de la Sicile, et j'envoie un renfort de croix dans ces parages. Tu vas avoir une occasion de gagner tes éperons sur nos chevaux de bois. J'aurais assisté de grand cœur à tes premiers faits d'armes ; mais il faut que je garde l'île qui est menacée par un convoi turc parti de Candie. Notre vénérable frère drapier prend le commandement de la flotte. Je te confie à ses soins ; tu lui obéiras comme à moi-même.

— Soyez sans inquiétude, Excellence, dit le drapier. Flamming est encore un jeune homme de notre temps où l'on croyait devoir quelque déférence à l'expérience de la vieillesse. Nous serons, je l'espère, de bons compagnons d'armes. Maintenant, Flamming, prenons congé de Son Altesse.

—Un moment! dit le Grand - Maître d'une voix attendrie, il ouvrit une porte, et Paolo parut, les yeux baissés et la rougeur sur le front.

—Réconciliez-vous, mes enfans, s'écria le Grand-Maître.

A peine avait-il dit ces mots, que Flamming s'était déjà jeté dans les bras de Paolo. Lascaris, ému, s'approcha d'eux, et les pressa sur sa poitrine.

—Aimez-vous, jeunes gens, leur dit-il,

aimez-vous comme des frères. Par Dieu!
vous avez plus de raison de vous chérir
que vous ne pensez.....

— Tu pars pour combattre et pour vaincre, mon frère, dit Paolo en gémissant,
et moi, je vais reprendre mes fers; cependant je ne conserve contre toi nulle
amertume. Adieu, que Dieu conduise ton
épée!

— Non, je ne puis le supporter! s'écria
Flamming. Si Votre Altesse conserve quelque amitié pour moi, qu'elle lui pardonne,
et nous laisse partir ensemble! Je ne goû-
terais pas un moment de repos, si Paolo
gémissait dans une prison, tandis que
j'irais recueillir de la gloire.

— Le bon jeune homme! dit le drapier,
je n'en attendais pas moins de lui!

— Qui peut te refuser quelque chose,
mon fils? dit le Grand-Maître avec émotion. Allez donc ensemble prendre votre
premier essor, comme deux jeunes aigles;
je prierai pour vous.

A ces mots, il s'éloigna. Le drapier se
rendit avec les deux pages au port, où la

3.

flottille était prête à déployer les voiles.
Elle consistait, outre la grande galère qui
portait le pavillon amiral, en une galéasse, et en deux scampavias, navires ainsi
nommés à cause de la rapidité de leur
course. Le drapier monta sur sa galère
avec les deux jeunes gens, et fut accueilli
par les acclamations de tout l'équipage.
Les bras à demi nus et de couleur jaunâ-
tre des malheureux esclaves attachés sur
les bancs, se soulevèrent spontanément,
et retombant comme en cadence, firent
mouvoir les longues rames. La galère fendit les flots écumeux, et sortit majestueusement du port. Les autres vaisseaux la
suivirent, accompagnés d'une multitude
de petites embarcations. Tous les bastions
étaient couverts de monde, et plus d'une
jeune fille placée sur le rivage, agitait, en
signe d'adieu, un mouchoir blanc trempé
de ses larmes. La plupart des jeunes chevaliers se tenait sur l'arrière du grand navire, et faisait flotter ses écharpes, pour
répondre aux cris du rivage. Un autre
adieu se faisait entendre du haut des bat-

teries du fort ; et en perdant de vue les rochers de Malte, qui retentissaient des échos répétés du canon dont le bruit ajoutait à la majesté de ce spectacle, Flamming ne put s'empêcher de s'écrier :—Ah! qu'un amiral doit se trouver heureux le jour d'une victoire !

CHAPITRE VIII.

La flotte laissa derrière elle Comino et
Cominetto, petites îles voisines de Malte.
On ne voyait plus que les pics les plus
élevés du Gozzo qui domine l'île, lorsque
les vaisseaux se dirigèrent au nord-ouest
pour gagner les eaux de la Sicile. Déjà on
en distinguait les côtes à l'horizon, ainsi
que les murs de l'antique Agrigente, qui
apparaissaient dans un lointain bleuâtre.
Tout-à-coup on entendit quelques coups
de canon, et plusieurs voiles tunisiennes,
qui semblaient sortir de la mer, voltigè-
rent sur les ondes à droite et à gauche de
la flotte. Le drapier fit à son escadre le si-

gnal de donner la chasse à ces forbans. La
galéasse et les scampavias se détachèrent
rapidement et coururent sur les Barbares
qui s'éloignèrent à leur approche, et bientôt on ne vit plus que l'extrémité de leurs
voiles poindre à l'horizon.

— Deux tunisiens qui combattent contre un vaisseau de l'Ordre, au nord-ouest !
cria le matelot qui était de quart dans le
hunier.

— Au nom du ciel, secourons nos frères
en danger ! s'écria le drapier sur le pont, en
tirant son épée.

Le sifflet du commandement se fit entendre ; toutes les voiles furent déployées ;
les esclaves, animés par les coups de fouet
du contre-maître, redoublèrent d'activité,
et la galère partit avec la rapidité d'une
flèche, en déployant deux larges ailes de
rames sur les flots. Le navire signalé ap-
partenait effectivement à l'Ordre ; deux
frégates tunisiennes le serraient de près
entre elles, et le couvraient de leur feu,
auquel il ne répondait que faiblement.
Tout-à-coup il baissa son pavillon.

— Ah! quelle honte ineffaçable! s'écria
le drapier. Avançons, amis, pour arracher
cette prise à l'ennemi. La galère continua
de voler sur les flots, et déjà elle se trouvait à portée du canon du vaisseau qu'elle
voulait sauver, lorsque retentit le terrible
cri d'Allah! Le pavillon de Tunis fut ar-
boré, et le navire, faisant une manœuvre
subite, s'approcha de la galère, lui lâcha sa
bordée, et s'avança pour venir la joindre,
tandis que les deux frégates se disposaient
à attaquer, de leur côté, les chrétiens.

—Jésus Maria! s'écria le patron du vaisseau amiral plein d'effroi, la galère que
nous venions secourir est déjà prise par
les corsaires.

—Que Dieu nous aide donc à mourir
en bons soldats! dit le drapier. Songez à
sauver l'honneur de l'Ordre, frères chevaliers! Des Maltais peuvent mourir, mais
jamais se rendre. Nous allons aborder;
contre-maître, descendez à la sainte-barbe
avec une mèche allumée. Si nous sommes
pris, nous ferons encore sauter quelques
centaines de chiens de Turcs avec nous!

Qu'on cargue les voiles et que les canon-
niers soient à leurs pièces!

La galère passa au milieu des vaisseaux
ennemis en vomissant la mort de toutes
parts. Les grapins furent accrochés à la
nouvelle prise, qui fourmillait de visages
africains. Le pont de jonction s'abaissa, et
le drapier, qui semblait avoir repris tout
le feu de sa jeunesse, s'élança sur l'autre
bord, l'épée à la main. Flamming, Paolo
et une partie des chevaliers le suivirent,
tandis que l'autre demeurait pour défendre
la galère. Le combat s'engagea avec furie.
Le vieux drapier, au milieu des Tunisiens,
combattait avec le cœur d'un lion, et mon-
trait une vigueur sans égale. Flamming,
placé à ses côtés, semblait l'ange de la
mort, venu pour exterminer les infidèles,
et Paolo s'acharnait sur ses adversaires,
avec la cruauté d'un bourreau qui déchire
les lambeaux de ses victimes. Au plus fort
de la mêlée, un jeune Tunisien vint se jeter
avec rage sur le drapier. Une magnifique
pelisse noire, bordée de martre, flottait
sur sa robe de brocard d'or, et de l'agrafe

de diamant qui ornait son turban vert,
s'élevait une brillante aigrette. Son sabre
de damas fendit l'air avec la force et la rapidité de l'éclair, et le vieux drapier tomba
dans son sang.

— Faites emporter l'amiral, Paolo, s'é-
cria Flamming en se jetant au-devant du
vieillard, au moment où le Tunisien levait
encore une fois son sabre pour l'achever;
mais l'épée de Flamming fut plus prompte,
et un coup violent sur l'épaule droite ren-
versa l'émir. Flamming se précipita aussitôt sur lui, et le désarma. A la vue de sa
défaite, de grands cris se firent entendre
parmi l'équipage. — Ne me tue pas, chrétien, s'écria le blessé. Je suis le fils du dey,
et il n'épargnera rien pour ma rançon !

— Mettez bas les armes, s'écria le jeune
héros aux Tunisiens, en appuyant le pied
sur la gorge de leur chef, ou je le poi-
gnarde à vos yeux !

— Rendez-vous, musulmans ! leur cria
le prisonnier, avec la force que donne la
crainte de mourir.

Pendant ce temps, les chevaliers, profitant de la terreur des pirates, s'étaient jetés en foule sur le vaisseau et les massacraient sans pitié; et, lorsque Flamming s'écria une seconde fois : Mettez bas les armes ou vous êtes morts ! tous les sabres tombèrent à-la-fois et les Tunisiens se prosternèrent le visage contre le pont.

— Abattez les planches d'abordage, commanda Flamming, comme s'il n'eût fait autre chose de sa vie; virez de bord et ouvrez l'entrepont! Que les prisonniers soient délivrés et viennent nous aider à attaquer les autres navires !

On obéit aussitôt au vaillant Flamming. Les Tunisiens furent contraints, le pistolet sur la gorge, à tourner les canons contre leurs frères. Le vaisseau amiral soutint vigoureusement cette manœuvre, et bientôt une des frégates gagna le large; mais l'autre, qui faisait une forte voie d'eau, et qui avait perdu tous ses agrès, se rendit sans combattre.

— Commandez maintenant au nom de l'amiral ! dit Flamming à un vieux commandeur que la joie de cette victoire

inespérée semblait avoir épuisé, et qui se
tenait appuyé contre le bastingage de la
galère. Je me rends auprès de notre vénérable drapier; et il courut au lieu où le
vieillard était tombé, comptant trouver
Paolo occupé à lui donner ses soins. Mais
Paolo avait disparu; et le drapier, pâle et
sanglant, gisait sans secours sur le plancher. Flamming le releva, le rappela à la
vie par la nouvelle de la victoire, banda sa
blessure et le fit porter par quelques soldats maltais à la cabine-capitane, où il le
remit au chirurgien du vaisseau. Au milieu
de ces soins, il entendit un cri lamentable
s'élever de la cale, et il se hâta d'y descen-
dre pour prévenir les violences qui suivent
d'ordinaire la victoire. Il était à peine arrivé à la dernière marche, que ses pieds
heurtèrent deux créatures qu'il reconnut
pour des eunuques blancs; ils baignaient
dans leur sang. La porte de la cale était
brisée, et il vit Paolo qui retirait son épée
fumante du sein d'un troisième eunuque,
et qui, les traits animés d'une rage insen-
sée, s'apprêtait à se jeter sur les femmes

qui se trouvaient dans cette partie du navire.

Deux jeunes filles turques, vêtues de longues robes de soie et de cafetans bleus, richement parées avec des colliers, des bagues et des bracelets, étaient agenouillées dan un coin de la cale, croisant avec terreur, sur leur sein gracieusement arrondi, de belles mains dont les ongles étaient peints de couleur d'orange, et des regards supplians s'échappaient sous leurs grands cils noirs, environnés d'un large cercle de teinture de Surmeh. Une femme vêtue de noir était étendue sans mouvement sur le plancher.

Paolo déchirait avec une impudique rage le voile qui couvrait le sein d'une des jeunes filles, lorsque Flamming le saisit et le retint avec violence.

— Que fais-tu au milieu de ces eunuques et de ces femmes sans défense, lui dit-il, lorsque tu devrais être là-haut à faire ton devoir?

— Te dois-je compte de ma conduite? s'écria Paolo avec fureur. Les trésors des

4.

vaincus appartiennent au vainqueur; c'est l'usage de la guerre, et j'ai résolu de prendre ici ma part!

— Des femmes ne font pas partie du butin, dit Flamming se contenant à peine. C'est encore un vieux reste de ta barbarie natale qui te fait regarder les femmes comme de viles denrées dont tu peux disposer à ton gré; ce ne sont pas là les principes d'un chrétien et d'un chevalier de Malte.

—N'excite pas ma fureur, lui cria Paolo en décrivant un cercle rapide avec son sabre au-dessus de sa tête, selon l'usage des Turcs. J'ai risqué ma vie pour me procurer les voluptés que je brûle de connaître. La coupe du plaisir est remplie devant moi, et je serais un insensé de ne pas la vider. Partage avec moi, si tu le veux, ce que le sort nous offre; ou va-t'en; car, par le Christ ou Allah, je ne bouge pas d'ici que mes désirs ne soient satisfaits!

— Misérable blasphémateur! s'écria Flamming plein de rage; et il se jeta l'é-

pée à la main devant les jeunes filles. Tu
n'approcheras pas de ces femmes, tant
que ma main soutiendra mon épée!

— Maudit Giaour! murmura Paolo!
je te trouverai donc toujours sur mes pas!
va dans ton enfer, puisque tu le veux!
Il se jeta sur Flamming avec furie. En
même temps, un cri se fit entendre, et
Paolo, se retournant, aperçut le drapier
pâle et frémissant, qui se présenta à la
porte de la cahute comme un esprit ven-
geur.

— Désarmez ce page ivre, dit-il aux soldats de marine qui l'accompagnaient. Paolo
voulut encore se défendre; l'écume à la
bouche, il frappait aveuglément autour
de lui, mais un soldat se jeta sur son épée
et parvint à la lui arracher.

— Qu'on le garrotte et qu'on le porte
dans ma galère, dit le drapier. Les soldats obéirent, et le vieillard, les regardant
s'éloigner, ajouta en soupirant : ce misérable est encore Turc dans l'âme, et il
prépare de grands chagrins à mon vieil
ami. Dieu soit loué! qu'il trouve en toi

quelques dédommagemens à ses peines,
cher Flamming! Tu as surpassé les espérances que tu m'avais fait concevoir. Tu
es né pour commander; et c'est grâce à
ton sang-froid, à ton coup-d'œil, m'a-t-on
dit, que nous avons obtenu la victoire.
L'Ordre t'en récompensera. Pour le service que tu m'as rendu, c'est dans ton
cœur seulement que tu en trouveras la
récompense. Compte sur toute ma reconnaissance, Flamming; nous nous reverrons.
Je vais rejoindre nos chevaliers; toi reste
ici pour veiller à la sûreté de ces femmes :
il y a plus d'un Paolo dans nos rangs!

Il se fit transporter sur le pont, et Flamming, demeuré seul, jeta un seul regard
sur les femmes qui étaient confiées à sa
garde. Ses yeux s'arrêtèrent sur celle qui
était encore évanouie. A un signe qu'il
leur fit, les femmes turques l'aidèrent à
la soutenir. En la relevant son voile tomba, et laissa voir la croix de Saint-Jean
sur sa poitrine. — Dieu éternel! c'est Célestine, s'écria Flamming, et il tomba aux
pieds de celle qu'il venait de reconnaître.

CHAPITRE IX.

LES vaisseaux qui faisaient partie de la flottille avaient pris la route de Malte où l'on devait mettre les prises en sûreté. Pendant la traversée, Flamming s'approcha du drapier qui était encore retenu dans son hamac par ses blessures. — Le fils du dey, dit-il, offre cinq mille sequins pour sa rançon. Décidez, vénérable frère, si je dois les accepter.

— Au nom de l'Ordre! répondit le drapier, le prisonnier est à toi comme la rançon qu'il paie. Plus elle sera considérable, plus je m'en réjouirai. Il est vrai qu'à ton âge on n'a pas besoin d'argent, mais je suis charmé que tu aies gagné tes finances dans ton premier combat.

— Si votre bonté m'accorde quelque droit sur ce Tunisien, je vais lui répondre de faire parvenir cet argent à Malte ; je vous prierai de le prendre, et de verser mes finances dans la caisse de l'Ordre, ainsi que de faire distribuer le reste aux blessés et aux veuves de ceux qui ont succombé dans cette affaire.

— Et tu ne te réserves rien ? demanda le drapier surpris.

— Non, mon père, dit Flamming. Ne pensez pas que ce soit par orgueil, mais je ne saurais me faire à l'idée d'exposer ma vie pour de l'argent. Les malheureux à qui je le destine en ont plus besoin que moi. Qu'est devenu le pauvre Paolo ?

— J'ai déjà interrogé ce misérable, murmura le drapier ; ses excuses ne valent guère mieux que sa conduite. Il avait pris de l'opium pour se donner du cœur, selon l'abominable usage de son pays, et il en avait usé outre mesure. Il est main-

tenant fort malade. Je voudrais qu'il n'en
pût réchapper; nous serions délivrés de
tous les soucis qu'il nous cause. Et ces
femmes, où sont-elles?

— Les jeunes filles turques sont déjà
tout-à-fait remises de leur frayeur, répondit Flamming. Accoutumées à l'esclavage,
elles s'inquiètent peu de savoir qui sera
leur maître, pourvu qu'on ne rende pas
leurs chaînes trop pesantes. Le fils du dey,
qui les tenait dans son harem, a aussi offert
une rançon pour elles; mais nous ne sommes pas des marchands d'esclaves, et si
vous le permettez, nous les rendrons sans
condition.

— Agis comme tu le voudras, mon fils,
reprit le drapier; mais on m'a parlé d'une
chrétienne.....

— Ah! soupira Flamming, et il se mit
à parcourir la cahute à grands pas.

— Eh bien! mon fils, dit le drapier,
j'espère que tu n'es pas épris d'elle. Il est
vrai qu'aucun serment ne te lie encore,
et que même, si tu étais déjà chevalier,
tu pourrais t'appuyer malheureusement de

plus d'un exemple pour te livrer à ta passion ; mais je t'ai vu jusqu'à ce jour si
exempt des péchés qui souillent la jeunesse actuelle, que je serais fort attristé
de trouver en toi une semblable faiblesse.

— Ne me jugez pas trop précipitamment, dit Flamming. La jeune fille dont on
vous a parlé est une sœur de l'ordre de
Saint-Jean, qui a été prise par les Tunisiens, en retournant, sur une de nos galères, dans son cloître en Espagne. Mais
je crains, hélas ! que nous n'ayons pas
long-temps à nous réjouir de sa délivrance.
Les vicissitudes rapides qu'elle a éprou-
vées, les dangers qu'a courus journelle-
ment son honneur entre les mains de ces
pirates, toutes ces choses ont épuisé les
forces de la vie, et elle lutte, abattue par
ses maux, contre une mort prochaine. Le
chirurgien ne donne pas d'espérances, et
si Dieu ne fait un miracle, la terre aura
bientôt perdu son plus bel ornement, et
le ciel comptera un ange de plus !

En parlant ainsi, des larmes coulaient

le long des joues de Flamming. — C'est
là plus que de la pitié, mon fils, lui dit le
drapier; et mes soupçons n'étaient pas entièrement dénués de vraisemblance. Ton
amour pour cette religieuse me semble
bien subit, il ne saurait être difficile à dé-
raciner.

Flamming lui avoua qu'il connaissait
déjà Célestine, et raconta au drapier toutes
les circonstances de son duel, avec un feu
qui réchauffa même le vieillard.

— Pauvre jeune homme, lui dit-il plein
d'émotion, je n'ose te donner d'espoir,
même si cette religieuse ne succombe pas;
car ses vœux s'élèvent entre vous deux,
comme une barrière insurmontable; cependant ne désespère de rien avant que
j'aie parlé au Grand-Maître.

Le jeune homme se jeta dans les bras
du vieux frère, en le couvrant dans sa joie
de larmes et de baisers. En ce moment le
chirurgien du vaisseau s'approcha et dit
à Flamming que la nonne demandait à le
voir. La satisfaction se peignit sur son visage, et il demanda au drapier avec une

soumission respectueuse, s'il pouvait se rendre auprès d'elle.

— Va, mon fils, lui dit le vieillard, c'est le devoir d'un chevalier d'aller au devant des desirs des dames; je suis certain que tu n'oublieras pas un moment ce que tu dois à la religion et à l'honneur.

Flamming se rendit auprès de la religieuse. Soutenue par deux des jeunes filles turques, Célestine se tenait assise sur sa couche. Une vive rougeur se répandit sur son visage, lorsqu'elle aperçut le jeune homme.—Mes rêves étaient prophétiques, lui dit-elle d'une voix faible. Vous m'avez délivrée deux fois des atteintes de ces tigres et de celles d'un furieux qui a conservé toute la férocité de son origine. Je remercie Dieu de la grâce qu'il me fait de pouvoir vous remercier avant que je retourne dans la maison de mon père céleste.

— Non, Célestine, s'écria Flamming, qui s'était agenouillé auprès d'elle, non, vous ne mourrez pas ! vous vivrez pour une vie nouvelle; non, vous ne quitterez pas ainsi celui qui vous aime. Mon amour vous disputera au néant et triomphera de la mort!

— Que les passions sont violentes dans le cœur d'un jeune homme! dit la religieuse, en souriant douloureusement. Je ne me cache pas que ma mort vous affligera, mais je ne me cache pas non plus que je vais mourir..... Depuis que nous nous sommes vus pour la première fois, le sablier du temps a été agité avec tant de violence, que tous mes jours ont passé en peu de momens, et que tous les ressorts de la vie se sont brisés en moi. Tous les secrets de l'art ne prolongeraient plus long-temps ma faible existence; mais je suis heureuse d'avoir pu contempler celui dont le souvenir m'a fait passer les seuls momens heureux que j'aie jamais connus.....

A ces mots, elle retomba inanimée sur sa couche. — Elle meurt! s'écria Flamming, en proie au désespoir; et ses gémissemens se mêlèrent au bruit des canons et aux cris de joie qui annonçaient le retour dans le port de la flotte victorieuse.

CHAPITRE X.

La flotte avait jeté l'ancre devant La
Valette, et les riches captures faites dans
cette expédition, avaient été partagées selon l'usage. La sœur Célestine était rentrée
dans le couvent des religieuses de Saint-Jean,
Paolo avait été transporté au lazareth de
l'Ordre, et le fils du dey s'était racheté avec
ses odalisques. Les chevaliers sortaient
d'une assemblée qui avait eu lieu chez le
Grand-Maître, et, Français, Espagnols,
Italiens, Allemands, tous faisaient entendre l'éloge de la valeur de Flamming.
Il venait de quitter lui-même la salle où
le drapier était demeuré pour causer se-

crètement avec le Grand-Maître, et il re-
cevait, le front couvert de rougeur et avec
un modeste embarras, les complimens
qu'on lui adressait de toutes parts, lorsque
le vieux frère le rappela, et lui dit de demeurer en dehors de la salle, pour apprendre son sort de la bouche du chef de
l'Ordre lui-même.

— Songes-y mûrement, mon vénérable
maître, dit le vieillard en rentrant, Flamming n'a pas encore fait profession; le
Saint-Père peut accorder des dispenses à
une nonne, et tu as un grand crédit auprès de lui. J'ai vu cette jeune fille, c'est
un être angélique; mais saint Jean me le
pardonne! un être angélique que j'aimerais mieux voir dans les bras de Flamming, un bel enfant sur ses genoux, qu'un
bréviaire à la main; car elle aime ce jeune
homme avec toute l'ardeur qu'elle portait
autrefois aux pieds des autels. Pour lui,
son cœur appartient tout entier à Célestine. Nous pouvons mettre un jeune
homme si rare au comble de ses vœux,
et nous conserver ainsi un guerrier pré-

cieux pour l'Ordre, et, si nous le forçons
à sacrifier son amour, nous éteindrons
toute son énergie. Il ne murmurera pas
de ton refus, je te suis garant de son
obéissance ; mais tu l'auras réduit au
désespoir, et peut-être le verrons-nous
succomber sous la douleur d'avoir perdu
ce qu'il aime.

— Mon cœur parle plus vivement que
tous tes discours en faveur de Paul, répondit
le Grand-Maître, qui pouvait à peine cacher
son émotion, mais plus je l'aime, moins
je puis me décider à enfreindre nos régle-
mens en sa faveur. D'ailleurs, de telles
dispenses sont d'un exemple funeste dans
ces temps d'hérésie, et le Saint-Père se
refusera sans doute à les accorder.

— Le pape sait ce qu'il te doit, et ce
qu'il en peut encore attendre, répondit
le drapier. Tu n'as pas de refus à craindre
de lui, ne me refuse pas à ton tour. Tu
sais que mes cheveux ont blanchi avec
les tiens au service de la croix, et que je
puis me vanter d'avoir fidèlement servi
l'Ordre, d'avoir fait pour lui maint sacri-

fice, d'avoir éprouvé maintes souffrances.
Tu te souviens que lorsque sous ton commandement je battis et fis prisonnier,
dans un combat naval, le pacha Husseïn,
et que j'assurai ainsi notre puissance dans
la Méditerranée, Vasconcellos me nomma
le bouclier de l'Ordre, et depuis ce temps-
là, je pense que j'ai soutenu ce nom. Eh
bien ! le jeune homme qui fut le bouclier
de Malte, l'ami de ta jeunesse, qui est
aussi celui de tes vieux jours, celui qui a
relevé l'honneur de la croix, abaissée par
les maudites ruses des infidèles, par Jésus !
cet homme-là a bien mérité que tu fasses
quelque chose pour lui !

— Qui pourrait te résister quand tu
emploies ton éloquence ? répondit le
Grand-Maître en souriant. Je ne promets
encore rien, mais je verrai ce que j'aurai
à faire.

— A la grâce de Dieu, s'écria le drapier, et il courut ouvrir la porte. — Si la
guérison de la sœur Célestine, dit-il à Flamming, dépend d'une bonne nouvelle, et
que l'espoir d'un bonheur prochain puisse

la ranimer, tu peux aller lui dire que le
Grand-Maître n'a rien promis, il est vrai,
et qu'il verra ce qu'il pourra faire, mais
que le vieux drapier répond sur sa tête
grise qu'il saura bien la rendre heureuse.

Avant que Flamming eût pu trouver
des paroles pour exprimer sa reconnaissance à son ami, le chapelain de l'Ordre,
aux soins duquel Célestine avait été con-
fiée, s'approcha d'un air plein de tristesse.

— Sœur Célestine, dit-il, s'attend à
mourir dans cette heure. Elle a déjà reçu
le corps de notre Seigneur et les saintes
huiles, et elle demande à prendre congé
de vous dans ce monde !

Hors d'état de prononcer une seule
parole, en recevant ce message effroyable,
qui détruisait toutes ses espérances au
moment où elles venaient de se ranimer,
Flamming vola, hors de lui-même, au
cloître des Joannites, et tandis que la tou-
rière lui demandait son nom, la prieure
venant à lui, les yeux baignés de larmes,
le mena dans le parloir où Célestine s'était
fait transporter malgré sa faiblesse. Son

costume lui prêtait de nouveaux charmes.
Une guimpe de toile éblouissante s'étendait
sur les plis nombreux de sa longue robe
noire, un voile blanc couvrait sa tête et
elle tenait à la main un crucifix d'argent.
Elle était étendue, vêtue de la sorte, sur
un lit de repos, les yeux tournés avec
espérance vers le ciel, et semblait une ma-
donne prête à regagner le séjour céleste.

Célestine jeta un regard plein d'amour
sur Flamming, qui était demeuré immo-
bile, accablé par sa douleur.—Vous vous
rirez peut-être de cette vanité de jeune
fille, qui fait qu'elle se pare encore à sa
dernière heure, dit-elle en lui tendant la
main, mais le jour qui me réunit à Dieu
ne me semble pas un jour d'affliction...

—Non! s'écria le jeune homme, oubliant la présence de la prieure, bannissez
cette idée sinistre; vos sermens ne sont pas
irrévocables, et le Saint-Père peut encore
les briser.

— Votre âme est pleine de noblesse,
lui dit Célestine, mais vous êtes encore
trop pénétré des idées terrestres. Pensez-

vous que Célestine abandonne jamais son fiancé céleste, pour s'abandonner à l'amour d'un mortel ! Je vous aime depuis que je vous vis pour la première fois, mais mon amour n'est pas de ce monde ; et nous ne pouvons songer à être unis sur cette terre.

Sa main laissa échapper le crucifix, et serrant tendrement celle de Flamming, elle tourna ses regards sur les siens avec un sentiment de tendresse inexprimable, et bientôt ses yeux se fermèrent.—Elle expire ! s'écria la prieure en la reposant doucement sur sa couche.

— Laisse-moi te suivre dans les cieux ! s'écria Flamming au désespoir ; et le chapelain s'agenouillant, se mit à prier en silence, tandis qu'on sonnait la cloche des morts.

~~~~~~

CHAPITRE XI.

A genoux devant le maître-autel de
l'église de l'ordre de Saint-Jean, le malheureux Flamming, enveloppé d'un long manteau noir, une épée dans une main, un
cierge allumé dans l'autre, attendait, en-
touré d'une foule de chevaliers, qu'on lui
conférât la maîtrise de l'Ordre qu'il avait
sollicitée avec instances. L'aumônier de
Malte s'approcha de lui, prit son épée,
l'arrosa d'eau bénite, et la lui rendit en
prononçant la formule d'usage : « Recevez
« cette épée sainte, au nom du Père, du
« Fils et du Saint-Esprit ! Faites-en usage,
« pour vous défendre vous-même, ainsi
« que la sainte Eglise catholique, et pour

« exterminer les infidèles; mais gardez-
« vous de vous en servir pour commettre
« l'injustice : que celui qui vit et règne
« éternellement avec le Père et le Saint-
« Esprit, vous donne sa grâce. Amen. »

Flamming remit son épée dans le fourreau, et le prêtre la lui ceignit en ajou-
tant : « Ceignez ce fer au nom de notre
« Seigneur Jésus-Christ, et souvenez-vous
« que les saints ont conquis des empires
« par une foi robuste et non par le glaive. »

Puis, le prêtre embrassa le jeune homme
qui, se dépouillant de son manteau, se
prépara, par une confession des fautes de
sa vie entière, et par la communion, aux
cérémonies qui devaient avoir lieu. Ensuite il s'agenouilla de nouveau devant le
prêtre, un long cierge, décoré d'un écu
d'or, à la main, et celui-ci lui demanda à
plusieurs reprises s'il était disposé à suivre
les statuts qui lui seraient enseignés, non
pas seulement de bouche, mais du fond
de son cœur.

Flamming répondit d'une voix haute et
solennelle : « Je promets et je jure à

« Jésus-Christ , qui est Dieu , à la Vierge
« Marie et à saint Jean-Baptiste, que je
« ferai tous mes efforts pour obéir à ces
« statuts. »

Le drapier, s'approchant à son tour de
l'autel, dit au jeune candidat avec tristesse :
« Que demandez-vous ici ? »

— Le grade de chevalier ! répondit Flamming d'une voix ferme.

Et le drapier continua : « L'avez-vous
« déjà reçu d'un prince catholique ou de
« tout autre qui eût le droit de le dispen-
« ser ? »

Flamming ayant répondu négativement,
il ajouta : « Vous demandez quelque
« chose que beaucoup d'autres ont déjà
« demandé sans pouvoir l'obtenir, parce
« que le grade que vous sollicitez ne s'ac-
« corde qu'à ceux qui l'ont mérité par la
« noblesse de leurs aïeux, ou qui s'en sont
« rendus dignes par des actions glorieuses.
« Mais, comme nous avons reconnu que
« vous étiez tel que l'Ordre l'exige, nous
« vous accordons votre demande, et vous
« faisons ressouvenir qu'un chevalier de

« Saint-Jean doit défendre l'Église, les
« veuves et les orphelins : promettez-vous
« de le faire ? »

— Oui ! répondit humblement Flamming.

Le drapier, lui tendant alors son épée
dans le fourreau, ajouta : « Prenez donc
« cette épée ; afin que vous puissiez le faire
« au nom du Père, du Fils et du Saint-
« Esprit. Amen. »

Et tirant aussitôt l'épée du fourreau, il
la mit dans la main du jeune homme en
disant : « Prenez cette épée, la foi lui
« a donné son éclat, l'espérance a aiguisé
« sa pointe, et l'amour de Dieu a fait sa
« poignée. Vous devrez l'employer à la
« défense de l'Église catholique, et ne pas
« craindre de vous mettre en danger pour
« le nom de Dieu, pour le signe de la
« croix, pour la justice et la conservation
« des veuves et des orphelins ; car c'est la
« vraie foi et le devoir d'un chevalier, c'est
« sa vocation, son élection et sa sanctifi-
« cation. »

Après avoir prononcé cette dernière for-

mule, le drapier remit l'épée dans le fourreau, et dit : « Comme je remets cette
« épée sans tache dans le fourreau, gar-
« dez-vous de la ternir ou de la tirer pour
« une cause injuste; mais employez-la pour
« répandre la grâce que Dieu vous a ac-
« cordée. »

Et ceignant à son tour l'épée à Flamming, qui s'agenouilla devant lui : « Je
« vous ceins cette épée au nom du Dieu
« tout-puissant, de la glorieuse Vierge Ma-
« rie, de saint Jean-Baptiste et de monsei-
« gneur saint Georges, en l'honneur de qui
« nous vous conférons cet Ordre. Comme
« il a souffert avec patience, et triomphé
« par la vraie foi, vous ne devez tirer cette
« épée qu'avec l'espoir de vaincre. »

Flamming se leva, tira l'épée, et la
brandit trois fois dans l'air, et pendant
ce temps, le drapier lui dit ces paroles :
« Ces trois brandissemens signifient que
« vous défiez tous les ennemis de la foi
« catholique, au nom de la très Sainte-
« Trinité. Que Dieu vous donne sa grâce !
« Amen. »

Le drapier prenant alors l'épée des mains du jeune homme, lui en frappa trois fois les épaules, en disant : « Au nom « de Dieu, de la sainte Vierge, de saint « Jean-Baptiste et de monseigneur saint « Georges, je vous fais chevalier ! »

Il remit ensuite l'épée en ceinturon, donna un petit soufflet au récipiendaire, et ajouta : « Veillez, et ne dormez pas au « milieu du danger; veillez à la foi de « Jésus-Christ, et faites que ceci soit la « dernière insulte que vous souffriez au « nom du Sauveur. Maintenant, que la « grâce du Seigneur soit avec vous. »

Le chevalier de Montauban, qui s'était offert à chausser l'éperon au nouveau chevalier, s'approcha de lui. Le drapier lui montra Flamming, et lui dit : « Comme le « cheval craint l'éperon lorsqu'il ne fait « pas son devoir, craignez de même de « rompre votre serment, et de vous livrer « au mal. On vous attache des éperons « d'or aux pieds, parce que l'or, étant le « métal le plus pur, représente la pureté « de l'honneur. »

Montauban plia un genou devant Flamming, et lui boucla les éperons. Le drapier se jeta d'un air soucieux dans sa stalle,
et le Grand-Maître, se levant, s'approcha
du maître-autel, et s'adressa avec une dignité royale à Flamming, en ces termes:

« Ce que vous demandez a été refusé à
« un grand nombre qui n'étaient pas di-
« gnes d'être admis dans notre compagnie;
« mais comme nous comptons sur votre
« droiture et sur votre valeur, nous avons
« résolu de vous accorder votre demande,
« dans l'espérance que vous vous emploie-
« rez avec zèle et douceur aux œuvres de
« charité, et que vous vous donnerez tout
« entier au service de cet Ordre hospita-
« lier, favorisé par le Saint-Siège aposto-
« lique; et comme on vous a mis un cierge
« enflammé à la main, de même, vous
« devez vous montrer enflammé d'amour
« pour la foi de Jésus-Christ. Et afin que
« vous ne puissiez prétexter d'ignorance,
« je dois vous demander, en présence de
« cette assemblée, si vous avez la ferme
« volonté de suivre les règles de l'Ordre;

5.

« si vous êtes prêt, dès cette heure, à en-
« durer les fatigues et les maux que son
« service commande, et à obéir à vos supé-
« rieurs en quelque circonstance que ce
« soit. »

— Je le promets! répondit Flamming.

« Vous promettez donc de vous sou-
« mettre entièrement aux volontés de vos
« supérieurs, de renoncer à votre libre
« arbitre, et de vous laisser manier comme
« la cire de ce cierge. Il vous faudra jeû-
« ner lorsque vous aurez appétit, et veil-
« ler quand vous aurez sommeil. Il vous
« faudra souffrir encore d'autres choses
« qui sont contraires aux plaisirs et à l'es-
« prit du monde. Songez-y donc pendant
« que votre volonté est encore libre, et
« avant que de vous remettre dans les
« mains des supérieurs de l'Ordre. »

— Je me soumets entièrement à leur
volonté, et renonce donc à la liberté, s'é-
cria Flamming.

« N'avez-vous fait des vœux dans aucun
« Ordre? demanda le Grand-Maître. Etes-
« vous marié ou fiancé? Avez-vous de gran-

« des dettes que vous ne puissiez payer?

« Avez-vous tué quelqu'un injustement?

« Etes-vous de basse condition? »

— Non! répondit douloureusement le jeune homme.

« Puisque vous nous donnez ces assu-
« rances, et que vous êtes préparé et ré-
« solu à défendre l'Eglise de Jésus-Christ,
« et les pauvres de l'hôpital de cet Ordre,
« nous vous recevons, selon les honorables
« rits de notre Ordre, et nous vous pro-
« mettons du pain, de l'eau, de mauvais
« vêtemens, de la peine et du travail. »

Après avoir prononcé ces mots, le Grand-Maître ordonna au récipiendaire d'aller chercher le missel sur l'autel. Flamming l'apporta, posa la main sur le livre, et prononça ce serment : « Je jure et je « promets à Dieu tout-puissant, à la glo-
« rieuse Vierge Marie et à saint Jean-Bap-
« tiste, notre patron, d'observer l'obéis-
« sance que me commande Dieu et mon
« Ordre, de vivre sans biens, et d'observer
« la chasteté comme il convient à tout
« hospitalier catholique. »

Et le Grand-Maître ajouta : « Afin que
« vous commenciez à remplir votre vœu
« d'obéissance, je vous ordonne de repor-
« ter ce livre sur l'autel, de le baiser et de
« revenir auprès de moi. »

Flamming ayant obéi, le Grand-Maître
lui dit : « Nous vous reconnaissons main-
« tenant pour un défenseur de l'Eglise
« catholique, des pauvres de Jésus-Christ
« et de l'hôpital de Saint-Jean de Jérusa-
« lem. »

Puis, prenant le manteau que lui présenta Montauban, il montra au récipiendaire la croix à huit pointes qui le décorait : « Il nous est ordonné de porter cette
« croix blanche, dit-il, en signe de la pu-
« reté que nous devons conserver, tant
« intérieurement qu'extérieurement. Les
« huit pointes que vous voyez sont le
« symbole des huit béatitudes que nous
« devons retenir. Vous devrez supporter
« les souffrances avec joie ; et, plein de
« repentir de vos péchés, être humble,
« plein de justice, de piété, de sincérité
« et de candeur d'âme. Les vertus doi-

« vent demeurer au fond de votre cœur;
« c'est pourquoi je vous ordonne de por-
« ter cette croix du côté gauche, à la place
« du cœur, et de ne jamais la quitter ».

A ces mots, le Grand-Maître présenta au
jeune homme la croix à baiser, lui mit le
manteau sur les épaules, et continuant :
« Prenez, au nom de la Sainte-Trinité,
« cette croix et ces vêtemens sous lesquels
« vous trouverez le repos et la paix de
« l'âme; je mets cette croix sur votre
« cœur, afin que vous aimiez ardemment
« notre Seigneur Jésus-Christ, et je vous
« ordonne de ne jamais la quitter, parce
« que c'est la bannière de notre Ordre,
« comme de ne jamais vous éloigner de la
« société de vos frères. Sinon, vous serez
« ignominieusement retranché de notre
« communauté comme un membre inu-
« tile : le manteau dont je vous revêts
« est l'image de la robe de poil de cha-
« meau que revêtit saint Jean-Baptiste
« dans le désert. En prenant ce manteau,
« vous renoncez à l'éclat et aux vanités
« du monde. Ne le quittez jamais, et fai-

« tes qu'on vous y ensevelisse, afin que
« vous vous souveniez d'imiter l'apôtre
« saint Jean, et de mettre vos espéran-
« ces dans les maux infinis de notre Sei-
« gneur. »

Le Grand-Maître prit enfin des mains
de Montauban le ruban de l'Ordre, noir
et blanc, parsemé de corbeilles et des
instrumens de la passion du Sauveur, et
l'attacha au cou de Flamming, en prononçant cette dernière formule :

« Les souffrances du Sauveur sont re-
« présentées par ce cordon avec lequel
« les Juifs l'ont attaché. Ceci est l'image
« de la colonne à laquelle il a été lié; ceci
« est la couronne d'épines; ceci est la lance
« qu'on lui a plongée dans le côté; ces cor-
« beilles sont celles avec lesquelles vous
« devrez aller quêter pour les pauvres,
« lorsque votre fortune ne suffira pas pour
« les secourir; ceci est l'éponge trempée
« de vinaigre et de fiel; ceci est la croix
« où Dieu a été crucifié : je l'ai placée sur
« vos épaules, afin que vous vous souve-
« niez des souffrances par lesquelles vous

« obtiendrez le salut de votre âme. Je
« vous mets ce cordon au cou, en signe
« de la servitude à laquelle vous avez con-
« senti. Nous vous ferons part à vous et
« à vos parens de tous les biens spirituels
« de notre Ordre. Vous serez tenu de dire
« chaque jour cent cinquante patenôtres,
« ou les litanies de la sainte Vierge, ou
« l'office des morts. Vous direz aussi l'une
« de ces trois prières pour nos frères tré-
« passés. Vous vous tiendrez la tête dé-
« couverte jusqu'à ce que le maître vous
« ordonne de vous couvrir, et vous irez
« embrasser tous vos frères. Puis, vous
« vous rendrez à l'hôtellerie où vous les
« servirez à table. »

Le prêtre s'approcha de nouveau de
l'autel, et dit une prière pour le nouveau
chevalier; et, la cérémonie achevée, le
Grand-Maître vint se jeter avec effusion
dans les bras de Flamming, et lui dit en
l'embrassant : — Tu l'as voulu, mon fils,
que Dieu te préserve d'un tardif repentir !

CHAPITRE XII.

FLAMMING s'était rendu tout armé, et couvert de sa dalmatique, au cimetière du cloître des Joannites, auprès du tombeau de Célestine, et il y attendait les sons de la cloche qui devaient le rappeler auprès du Grand-Maître pour recevoir l'ordre du départ de sa première caravane, lorsque Paolo, pâle et amaigri, et également armé, s'approcha de lui d'un air sombre.

— Mon père adoptif est toujours irrité contre moi, lui dit-il, et il remet mon sort entre vos mains, sire chevalier : ce n'est qu'à la condition que vous me pardonne-

...rez, et que vous me prendrez pour écuyer, ...qu'il me permet de faire cette caravane et ...d'aller essayer de gagner mes éperons. J'ai ...pensé que je vous trouverais plus disposé ...à la bienveillance sur le tombeau de celle ...qui eut votre premier amour, et je viens ...vous supplier d'oublier votre ressentiment ...et de me prendre pour votre serviteur.

— Un véritable chevalier ne doit pas connaître le ressentiment, répondit Flamming : il se fâche ou il pardonne. Je me suis fâché jadis contre vous, et, si vous pouvez vous rappeler quelques circonstances de votre déplorable ivresse, vous reconnaîtrez que les torts n'étaient pas de mon côté. Comme votre rage ne venait nullement de votre volonté, mais de ce dangereux poison que vous aviez pris, je vous ai pardonné, tout en vous blâmant d'avoir usé d'un semblable moyen pour vous donner le courage qui vous manquait. Ce n'est pas le courage véritable que celui de l'ivresse ; il n'excite qu'à la cruauté. Si donc vous voulez venir avec moi, j'exige que vous me promettiez de ne

plus faire usage de semblables moyens, et
d'agir loyalement avec moi ; alors je vous
recevrai, non pas comme mon serviteur,
mais comme un bon frère d'armes.

Paolo, les yeux baissés, lui tendit la
main et lui fit cette promesse ; mais sa vanité blessée ne lui permit pas d'ajouter un
mot amical. Il se frappa le front avec violence, et disparut parmi les tombes.

L'heure de l'audience sonna. Flamming
arracha une fleur de lis sur le tombeau de
Célestine, la cacha sous sa dalmatique, et
jetant encore un regard humide sur le
lieu où reposait celle qu'il avait aimée, il
prit le chemin du palais du Grand-Maître.
Il le trouva avec le grand-commandeur, le
grand-hospitalier, le grand-amiral, le drapier, le grand-bailli et le grand-chancelier.
Tous ces chefs de l'Ordre étaient assis
autour d'une table, les yeux fixés sur
une carte de l'archipel grec.

—Vous venez en temps opportun pour
recevoir vos instructions, chevalier de
Flamming, dit le Grand-Maître ; mais il
vous faut, avant tout, quitter votre ar-

mure, car le rôle que vous avez à jouer est celui d'un marchand allemand. L'Ordre a concerté avec Venise une attaque contre l'armée turque campée devant Candie. Vous partirez pour Cérigo, avec une fré- gate sous pavillon hambourgeois, montée par cinquante soldats de marine. Le cha- pelain de l'Ordre, que vous avez délivré dernièrement, vous accompagnera et vous servira de conseil pour les affaires mer- cantiles qui sont le prétexte de ce voyage. Les soldats que vous emmenerez se vêti- ront, les uns en matelots, les autres en passagers. Le plan de toute l'expédition, vos instructions et les papiers nécessaires pour la légitimation de votre navire, se trouvent dans ce portefeuille. L'Ordre se fie en votre courage, votre intelligence, et surtout en votre prudence. N'oubliez pas que vous n'êtes plus chevalier dans ce voyage, mais un marchand ; et gardez-vous de vous laisser pénétrer par les Turcs.

—Et ne regardez pas les belles Grecques trop avant dans les yeux, ajouta le drapier. On dit que Cérigo est une île dangereuse.

— Ce dernier avertissement est superflu, répondit Flamming offensé; j'emporte un souvenir qui doit me préserver de toute séduction.

— Allons, allons, ne te fâche pas, lui dit le drapier en l'embrassant fraternellement.

— Que Dieu vous accompagne, mon fils, dit le Grand-Maître en le pressant contre son cœur; justifiez la confiance que l'Ordre met en vous, et préservez vos jours autant que l'honneur vous le permettra.

— Que Dieu et la sainte Vierge me prennent en aide! s'écria Flamming en frappant sur son épée; et, s'inclinant respectueusement, il prit congé de l'assemblée.

CHAPITRE XIII.

La traversée fut courte et heureuse, et, dans la soirée de la veille de la Saint-Jean, les passagers de la frégate virent s'élever à l'ouest les côtes orientales de l'île qui servit de berceau à Jupiter, surmontées de hautes montagnes blanchâtres, au-dessus desquelles s'élevait majestueusement la cime du mont Ida. Flamming, vêtu en marchand européen, se tenait à la poupe du navire, abîmé dans ses réflexions. Auprès de lui, se trouvaient le père Clément, vêtu en Arménien, Paolo, sous le costume turc, et le vieux Wulf qui, pour suivre son compatriote, s'était fait embarquer

comme caporal, et occupait la place de
patron du vaisseau. On entendait retentir
au loin, vers le sud, le canon de Candie
qui résistait toujours contre les Turcs.

— Cette maudite Candie a déjà bu bien
du sang chrétien, disait Wulf; fassent les
saints qu'il n'ait pas coulé pour rien, et
que la pauvre île ne tombe pas à la fin
sous les griffes des mécréans !

— Toute la chrétienté, répondit le chapelain, devrait se réunir pour éviter ce
malheur. La situation de cette île entre
deux mers et trois parties du monde, la
rend d'une haute importance. Aristote la
regardait déjà de son temps comme le véritable siège d'une monarchie universelle
sur le monde connu alors, et, pour lui
rendre le nom d'île heureuse qu'elle portait jadis, il ne faudrait qu'un héros qui
l'arrachât aux mains des infidèles, et un
nouveau Minos qui lui donnât des lois.
Sous le gouvernement de ces Turcs fana-
tiques, orgueilleux, ignorans, barbares,
voluptueux et cruels, les malheureux Can-
diotes se perdront dans ce monde et dans

'l l'autre, et, avec la dignité de l'homme, s'éteindra l'énergie qui leur faisait défendre leur liberté.

— Mais pourquoi, dit Flamming avec chaleur, pourquoi l'Europe ne s'unit-elle pas pour délivrer la Grèce du joug de ces barbares? Je pensais que c'était à-la-fois le devoir des chrétiens et celui des princes!

— Parce que l'Europe vit, hélas! d'une façon fort peu chrétienne, répondit le chapelain en haussant les épaules. Chaque puissance craint qu'en abattant la Sublime Porte, l'équilibre de l'Europe ne soit perdu, et que l'une d'elles ne succombe. La jalousie des souverains retient leur épée dans le fourreau, et les Turcs exercent impérieusement leurs cruautés sur les malheureux chrétiens qu'ils nomment leurs sujets, mais qui ne sont vraiment que leurs esclaves. L'Europe ne songe même pas à mettre un frein aux rapines des Barbaresques, les misérables vassaux de la Porte. Soufferts et favorisés en tout par l'égoïsme de l'Angleterre, ils commet-

tent paisiblement leurs brigandages, dé-
barquent sur les côtes des chrétiens et
emmènent des milliers de fidèles en esclavage. Notre saint Ordre seul s'oppose
à ces pirates ; mais il est trop faible pour
les détruire entièrement, surtout depuis
que l'apostasie de Henri VIII a privé Malte
de la langue d'Angleterre*. Charles-
Quint avait montré au monde comment
il faut en agir avec Tunis; mais ces temps
sont passés. Déjà les plus faibles puissan-
ces maritimes achètent de ces brigands la
liberté des mers, par un tribut qu'ils dé-
corent du nom de présent; et si les choses
continuent de la sorte, l'Europe entière
sera bientôt leur tributaire.

— Oh! le misérable égoïsme! s'écria
Flamming affligé ; et Paolo, fatigué de
cette conversation, montra deux îles qui
s'élevaient des flots au nord-ouest, et demanda leur nom.

— Le plus grande, répondit le chape-

* L'Ordre de Malte était divisé en plusieurs langues,
celles d'Auvergne, de France, d'Allemagne, etc.

lain, celle qui est le plus au nord, est le
terme de notre voyage. C'est Cérigo que
les païens nommaient Cythère; la plus petite, qui se trouve plus du côté de Candie, se nomme Cérigotto.

—Cythère, l'ancienne demeure de Vénus, dit Flamming en souriant douloureusement. Je comprends maintenant l'a-
vertissement que me donnait le drapier;
mais, je le sens plus que jamais, il était
inutile!

—Demeurez dans ces sentimens, sire
de Flamming, lui répondit le chapelain;
dans un chevalier de votre âge ils sont
aussi sages que dignes d'éloge.

CHAPITRE XIV.

Le soleil était déjà sous l'horizon, et la
lune brillait dans son plein disque, lorsque la frégate jeta l'ancre devant Cérigo.
Flamming donna ses ordres, et se rendit,
l'épée sous le bras, sur la côte, pour reconnaître le pays. Il trouva bientôt une
citerne, auprès de laquelle il s'assit sous
un cyprès qui l'ombrageait.

A peine s'y trouvait-il, qu'une femme
s'approcha d'un pas léger; elle tenait à
chaque main une cruche et se mit à les
remplir à la citerne. Sa longue robe de
soie, étroitement serrée sous le menton,
descendait jusqu'au bas de ses genoux et
la recouvrait presque entièrement. Ses bras

étaient ensevelis dans d'énormes manches
d'une roideur extrême et bizarrement bro-
dées, qui se terminaient au poignet par
de longues manchettes; et cependant le
jeune homme trouvait quelque charme à
ce costume si opposé à celui de l'ancienne
Grèce, et qui ne semblait destiné qu'à dé-
guiser les formes. Une tête charmante, ornée d'une forêt de cheveux bruns, bouclés
avec grâce, et gracieusement ornée, à la
manière antique, d'une couronne de roses,
s'offrait à ses yeux sous le voile qui com-
plétait l'ajustement de la jeune fille. Pendant que Flamming était occupé à la contempler, l'une des cruches que portait la
jeune Grecque avait été remplie; et,
comme elle se disposait à puiser de l'eau
avec l'autre, Flamming, ne pouvant résister plus long-temps au desir de lui parler, s'approcha de la citerne et lui offrit
son aide.

La jeune fille fut d'abord effrayée: elle
le regarda fixement, tourna la tête avec
inquiétude, et lui fit signe de s'éloigner.

— Ne crains rien, belle enfant, lui dit

Flamming, je n'ai point de mauvais desseins; et, pour te prouver que mes inten-
tions sont pures, je t'accompagnerai jusqu'au logis. Dans le voisinage de ces mécréans de Turcs, une jeune fille risque
beaucoup à courir ainsi seule, au milieu
de la nuit.

La jeune fille lui fit un signe, en souriant, pour lui témoigner sa reconnaissance, remplit sa seconde cruche, et se
disposa à s'éloigner.

— Mais pourquoi ne pas me répondre?
reprit Flamming. J'espérais que mon offre
amicale méritait au moins un mot de re-
mercîment.

La jeune fille le regarda d'un air encore
plus amical, et, balançant tristement et
d'un air sérieux sa jolie tête, elle lui donna
à entendre qu'elle ne pouvait parler.

— Tu ne saurais parler? Pauvre enfant!
s'écria Flamming, serais-tu donc muette?
Elle fit un signe négatif.—Tu ne veux
pas que je t'accompagne? ajouta le chevalier. Va donc en paix, et que le ciel te
conduise!

La jeune fille posa à terre l'une de ses cruches, offrit sa main au jeune homme, serra celle qu'il lui tendait contre son corset busqué, reprit sa cruche et s'éloigna en courant.

Flamming la suivit de loin, et la vit entrer dans le jardin d'une maison sur la terrasse de laquelle deux autres jeunes filles s'entretenaient en riant. Le jeune étranger s'approcha avec précaution de la maison, et, se soutenant sur les aspérités d'une colonne brisée, se plaça de manière à observer ce qui se passait sur la terrasse. Il n'aperçut toutefois qu'un grand vase découvert; et sur le couvercle, qui n'était placé qu'à quelques pas, se trouvaient trois pommes.

— Viendras-tu donc enfin, Dionée? dit l'une des jeunes filles, lorsque celle qu'il avait vue à la citerne parut sur la terrasse. Celle-ci versa en silence l'eau que contenaient ses cruches dans le vase; puis, chacune des jeunes filles prit une pomme, l'examina quelques instans, y fit une marque et la pl   a dans le vase. Le couvercle fut replacé avec une attention religieuse, et attaché avec soin. Alors les jeunes filles se dirent tout bas:—Demain matin, après l'église! Et elles disparurent.

Flamming, frappé de surprise, se hâta de regagner le vaisseau.

CHAPITRE XV.

———

Sans se rendre compte s'il était guidé
par la curiosité de connaître le secret grec
ou par le desir de revoir la belle Dionée,
Flamming avait eu soin de s'informer dans
le port du moment où se célébrait le premier service divin, et il se trouvait, avant
l'heure indiquée, auprès de la terrasse,
sur laquelle on voyait encore le vase fermé.
Enfin, les trois jeunes filles parurent,
chacune portant un plat de terre. Les
charmes de Dionée, éclairés par le soleil
dans tout son éclat, parurent encore plus
ravissans que la veille aux yeux du jeune
homme. Toutes trois s'agenouillèrent autour du vase, et se mirent à prier avec

ferveur et en silence; puis, elles ouvrirent
le vase avec solennité.

— Les honneurs à l'étrangère! dit l'une
d'elles à Dionée.

— Ah! dit celle-ci en soupirant, j'aimerais mieux ne rien demander du tout au
saint; car, s'il m'accordait ce que je veux,
je serais fort embarrassée de lui obéir.

— Cela serait beau! dit la troisième en
se fâchant; l'oracle n'entend pas qu'on le
joue. Allons, commence.

Dionée puisa avec son plat dans l'eau
du vase, en retira une pomme et fit le
signe de la croix. — Grand saint Jean,
dit-elle, fais que si Léontaras doit m'é-
pouser ce plat se tourne à droite; et à
gauche s'il ne doit pas être mon époux!

À ces mots, elle alongea la main, en
élevant ses doigts perpendiculairement. Sa
compagne se plaça dans la même posture
en face d'elle, et la troisième plaça le plat
et la pomme sur les doigts de Dionée.

— Tu remues les doigts à dessein, lui
dit en riant l'autre jeune fille, tandis que
l'assiette se tournait vers la gauche.

— Que le saint soit béni! il m'a donné
un bon oracle! s'écria Dionée en déposant
précipitamment le plat.

— Singulière fille! lui dit sa compagne;
tu te réjouis de l'éloignement d'un soupirant que beaucoup d'autres t'envient.
Léontaras est beau et riche.

— Il est même allié à l'ancienne famille
des Comnènes, dit la seconde.

— Et esclave des Turcs par-dessus tout
cela, s'écria Dionée. Plus les Musulmans
montrent de rudesse envers lui, plus Léontaras rampe devant eux. Non! que les saints
me préservent d'un mari qui par lâcheté
se laisse volontairement fouler aux pieds
par nos tyrans!

— Voilà bien la courageuse Sciotine!
dit l'autre jeune fille.

— Tu oublies la fin de l'oracle de saint
Jean, ajouta la troisième. Il faut maintenant que tu te laves avec l'eau mystérieuse, et que tu descendes dans la rue
écouter le premier nom qu'on y pronon-
cera.

— Il serait singulier, dit la seconde,

6.

qu'elle entendît maintenant appeler Léontaras.

— Alors le saint se contredirait lui-
même, dit Dionée en riant et s'arrosant
le visage et les mains avec de l'eau du vase,
et je pourrais choisir de ses deux décisions
celle qui me plairait davantage.

—Incrédule! s'écrièrent les deux autres.
Allons, descends! Dionée descendit; et,
en sortant de la porte, son premier regard
tomba sur Flamming. Elle laissa échapper
un léger cri en le reconnaissant, et porta
sa main à son cœur, comme si elle y res-
sentait une douleur subite.

Tout-à-coup on entendit crier au loin :
—Flamming! Flamming! et celui-ci se retourna avec inquiétude. Une charmante
rougeur se répandit sur le visage de
Dionée.

— Flamming! se dirent les deux jeunes
filles qui étaient demeurées sur la terrasse;
personne ne se nomme ainsi dans Cérigo.

— Serait-ce vraiment la voix du destin?
murmura Dionée; et, jetant encore un re-

gard sur le jeune homme, elle s'élança dans la maison.

Cependant les cris redoublaient, et Paolo accourut hors d'haleine.

— Hâtez-vous de venir au vaisseau, sire chevalier, dit-il à voix basse à Flamming. L'Odabaschi qui commande la garde du port exige, outre l'impôt ordinaire, un présent pour lui et ses janissaires. Wulf le lui a refusé, et ils ont eu une grande querelle.

— Cela est fort affligeant! Dans notre situation, il est surtout important d'éviter une altercation, dit Flamming; et il se rendit en hâte au port.

Le chapelain vint au-devant de lui. — Vous savez déjà tout? lui demanda-t-il.

— Hélas, oui, répondit le chevalier, et je suis bien aise de pouvoir vous demander d'abord votre avis. Ce que le Turc nous demande n'est sans doute d'aucune importance auprès du but de notre mission; mais, devons-nous nous laisser pressurer de la sorte?

— Je pense comme vous, qu'il faut re-

fuser d'accorder le présent, dit le chapelain. Si nous lui cédons, l'Odabaschi aug-
mentera ses prétentions, selon la manière
des Turcs; et si nous ne voulons que
notre désintéressement lui paraisse sus-
pect, il faut rejeter sa demande.

— Je le pensais aussi, reprit Flamming,
et j'avais déjà songé à la manière dont je me
conduirais avec ce Turc. Ma tranquillité et
ma politique le désespéreront. Pendant ce
temps, ayez la bonté d'ordonner à nos
gens de se tenir prêts en cas d'attaque.

Le chapelain gagna le vaisseau. Flamming le suivit avec Paolo, et de la digue
du port ils virent déjà le vieux Wulf dis-
cutant vivement avec un jeune Turc vêtu
de courts pantalons d'une largeur immense,
d'un court gilet orné de quatre rangées de
boutons énormes, et la tête couverte d'un
turban de forme singulière. Il semblait fort
animé contre Wulf, car il agitait souvent
un fouet qu'il tenait à la main, comme
signe de sa dignité; portait fréquemment
la main au handjar qui était à sa ceinture,
et se servait sans cesse du mot de *giaour*,

insulte favorite des Turcs contre les chré
tiens. Derrière lui, se tenaient une douzaine
de janissaires, appuyés, d'un air de curiosité, sur leurs longs mousquets.

Flamming s'approcha avec dignité, et
dit au Turc : — La paix de Dieu soit avec
toi, très vaillant Odabaschi! Qu'exiges-tu
de nous? As-tu trouvé les papiers du vaisseau en règle?

Le Turc baissa la tête en signe d'affir-
mation.

— Mon patron a-t-il acquitté les droits
que chaque navire doit payer à la Sublime
Porte en entrant dans ce port? continua
Flamming.

— Tout est payé! s'écria Wulf en colère; mais cet Odabaschi exige encore
cinquante sequins pour lui et ses gens!

— C'est peut-être, répondit sérieusement Flamming, un nouvel impôt que le
Grand-Seigneur a trouvé bon d'ordonner;
et, dans ce cas, nous ne pouvons nous
refuser à l'acquitter.

— Vois-tu, giaour, s'écria l'Odabaschi,
ton maître est plus sensé que toi!

— Montre-nous le hattischérif du refuge du monde *, très noble Odabaschi,
dit Flamming fort civilement ; si tes prétentions sont fondées, tu seras satisfait
sur l'heure.

Le Turc se tut embarrassé.

— Ou bien, montre-nous le firman du
vizir Assem, ou de l'aga des janissaires,
continua Flamming.

— La parole du Musulman doit suffire
aux Francs, murmura le Turc.

— Tu parles sagement, digne et éclairé
Odabaschi, dit Flamming, et mon cœur ne
doute nullement de la vérité de tes paroles.
Je vais donc te faire compter l'argent à l'instant même, et tu m'en donneras un reçu.

— On ne donne point de reçu d'un
présent, dit le Turc irrité.

— Mais, continua fort civilement Flamming, je ne puis me dispenser de cette
formalité, car il faut que je rende compte
de mon chargement au noble Bostangi-

* En turc, *alempenah*, c'est un surnom du Grand-
Seigneur.

baschi de Stamboul, qui est mon associé dans cette expédition.

— Tu paieras, sans plus de discours, repris l'Odabaschi; et, quant au reçu, tu banniras cette pensée de ton âme.

— Avec la meilleure volonté, je suis fort affligé de ne pouvoir souscrire à ta demande, répondit Flamming.

— Alors, s'écria le Turc, je vais m'emparer du navire et de la cargaison. Avec vous autres chiens de chrétiens, il n'est pas nécessaire de faire tant de cérémonies.

— Arrêtez! cria Flamming aux janissaires, qui levaient déjà leurs mousquets; arrêtez! Je t'avertis, Odabaschi, que mon équipage est nombreux, bien armé, et qu'il saura repousser la force par la force. Ce jeune Musulman me servira de témoin à Stamboul, et dira avec moi qu'en résistant, je n'ai fait qu'user du droit sacré de la défense.

— Par grâce particulière, je me contenterai de quarante sequins, répondit le Turc sur un ton beaucoup plus doux.

— Je t'en compte cent, si tu veux m'en
donner un reçu.

— Tu en donneras au moins dix, re-
partit l'honnête serviteur du prophète.

— Pas un aspre, cher Odabaschi. Si tu
m'en avais prié, je l'aurais fait sans doute ;
mais, quand on veut m'arracher quelque
chose avec violence, j'ai coutume de bien
examiner sur quels droits on se fonde,
pour que ma condescendance ne soit point
regardée comme de la sottise ou de la lâcheté.

— Garde donc ton or, giaour trois fois
maudit, et qu'au jour du jugement Eblis
te le coule tout fondu dans la gorge ! s'é-
cria l'Odabaschi avec fureur.

— Encore un mot, fidèle Odabaschi :
comme tu as renoncé volontairement à tes
prétentions mal fondées, je te prie d'accepter le présent que je t'avais toujours
destiné. Et en disant ces mots, Flamming
prit des mains d'un matelot une pipe
turque de la plus grande magnificence,
qu'il avait envoyé chercher dans l'intérieur
du bâtiment. Le Musulman admirait l'im-

mense tuyau de bois de rose enrichi d'argent, le morceau d'ambre qui le terminait, et la pipe elle-même, que relevaient des figures d'or.

— Parles-tu sérieusement, chrétien ? lui demanda-t-il en fronçant le sourcil.

— Prends-la, cher Odabaschi, et toutes les fois que s'élevera la fumée du tabac que tu préfères, pense à ton ami, et oublie le malentendu qui a eu lieu entre nous.

— Par le prophète, ce chrétien sait vivre ! s'écria le Turc ; et il partit, les yeux attachés avec complaisance sur sa nouvelle acquisition. Les janissaires le suivirent, en murmurant de ne pouvoir prendre part à ce présent.

CHAPITRE XVI.

FLAMMING fit décharger ses marchandises. Des Turcs, des Grecs et des Juifs accoururent pour les voir et faire des achats : la vente commença, dirigée par le chapelain qui faisait honneur à son habit d'Arménien. On eut bientôt des nouvelles, sans avoir l'air de les avoir cherchées, sur l'état des choses à Candie, sur la force et la position des assiégeans, enfin sur tout ce qui pouvait intéressser le service de l'Ordre.

Une semaine s'était ainsi écoulée, et Flamming s'occupait, dans la cahutte du vaisseau, à écrire ce qu'il avait appris, quand Paolo entra.

— Le négociant Lambro Canzoni, dit-
il, le vieux Grec avec lequel nous avons
fait le plus d'affaires, vient de nous inviter
aux noces de sa fille qu'il marie demain.

— Je n'ai guère envie d'accepter l'invitation, répondit Flamming. Bien certainement la fête ne se passera pas sans qu'il
y vienne quelque Turc, et ce n'est que le
fer à la main que j'aime à me trouver vis-
à-vis de ces hérétiques.

— Faites-moi le plaisir d'y venir, répondit Paolo; je n'ai pas encore vu de noces
grecques, et j'ai grande envie de les connaître. On parle aussi d'une beauté, arrivée de Scio, la nièce du père, qui doit y
assister, et que je serais charmé d'ad-
mirer.

— De Scio ! demanda Flamming avec
chaleur; mais il se remit aussitôt, et continua :— Je ne suis pas plus tenté d'y pa-
raître; mais vous pouvez y aller, et je vous
souhaite beaucoup de plaisir. Soyez prudent surtout, et n'oubliez pas que nos
ennemis nous entourent.

Le chapelain entra dans cet instant, et

annonça à Flamming qu'il avait accepté, e
son nom, l'invitation de Lambro au ma
riage de sa fille.

— Vous avez eu tort, vénérable chape
lain, s'écria Flamming ; j'ai mille raison
pour n'y pas aller.

— Elles ne peuvent pas être aussi bonne
que le sont les motifs qui m'ont fait ac
cepter, répondit le vieillard. Dans l'aban
don du plaisir, nous pouvons apprendr
bien des choses utiles que nous atten
drions vainement d'une autre manière. L
Thorbaschi qui commande cette île y sera
il est arrivé hier de Candie, et doit appo
ter des nouvelles qu'un homme de guerr
saura mieux lui tirer que je ne pourra
le faire.

— Puisque vous me faites voir la chos
comme une affaire de mon service, je n
me refuse plus à y aller ; mais j'ai que
ques pressentimens que je ferais mieux d
rester ici ; et, s'il arrive quelque malheur
c'est vous qui l'aurez voulu.

CHAPITRE XVII.

FLAMMING, accompagné de Paolo et du chapelain, se rendit à la maison de Lamoro Canzoni, qui se trouvait dans l'intérieur de l'île; Wulf était resté pour garder le vaisseau. Pendant la route, Flamming sentit essuyer plus d'un déplaisir; la nature si belle dans ces contrées ne pouvait l'en distraire. Les bosquets d'orangers, de citronniers et de myrtes, dont les fleurs embaumaient l'atmosphère; les riches moissons; les coteaux couverts de vignobles et couronnés de figuiers et d'oliviers; les ruines de l'ancienne Grèce, le tableau enchanteur qui s'offrait à lui de toutes parts,

ne l'empêchaient pas de penser à l'oppres-
sion qui pesait sur cette île, et à son état
d'abrutissement.

On voyait de loin en loin s'élancer dans
les airs la tour d'un minaret couronnée
d'un croissant, symbole de la doctrine fa-
natique des Musulmans qui dominaient
dans ces lieux. Dans les champs nouvelle-
ment récoltés, on apercevait, au milieu
des gerbes, le malheureux propriétaire,
accompagné du plus ancien du village, qui
venait chercher la dîme destinée à former le miry du Grand-Seigneur. Les plus
vils bestiaux s'abreuvaient dans des sarco-
phages antiques devenus des auges ; les
pierres funéraires des cimetières turcs
laissaient voir, malgré la façon grossière
qu'on leur avait donnée, qu'elles étaient
les débris de quelque monument dorique ;
un chapiteau magnifique était renversé, et
servait de mortier à des femmes turques
qui y pilaient leur riz ; mais, ce qui causa
la plus vive douleur à Flamming, ce fut
l'aspect d'un temple naguère consacré à la
riante déesse de cette île, à Vénus. Un co-

lecteur turc avait trouvé avantageux d'en
abattre la moitié pour faire servir les
pierres à lui construire une maison dans
l'autre partie. L'édifice était à moitié brisé
et couvert de boue ; les magnifiques bas-
reliefs, qui sortaient à demi des fonda-
tions du mur du jardin, faisaient voir
quels trésors la barbarie et l'ignorance
avaient anéantis. Sous le portique encom-
bré du temple, était assis le mauvais génie
de ces lieux, le jambes croisées sous lui,
sa longue pipe à la bouche, et rendant
des signes de mépris aux humbles saluts
des paysans grecs qui tremblaient de passer devant lui.

— Voyez ! dit Flamming au chapelain,
voilà ce qui fait disparaître à mes yeux
tous les charmes que peut avoir cette île ;
le Turc, devant lequel rampent les véri-
tables souverains de ces lieux, dans le
temple même où il a pris la place du dieu
qui l'occupait autrefois, se présente à moi,
comme le symbole affreux de la domination des Musulmans sur la malheureuse
Grèce, et ce n'est pas seulement les arts

6.

et les sciences qui ont disparu, mais la
liberté, la dignité et la conscience de
l'homme.

— Plût au ciel, répondit le chapelain,
que les infidèles se contentassent de porter leurs mains pesantes sur les monu-
mens des arts et de la gloire, et de jouir
des humiliations de leurs esclaves; mais
que les chrétiens soient hors la loi, pour
ainsi dire, parmi eux; que ces chrétiens ne
soient pas maîtres de ce que la dîme, la
capitation et le charadj leur laissent de
leur moisson, et qu'ils soient forcés de la
vendre, au compte du Grand-Seigneur, à
des prix dérisoirement arbitrés; qu'ils
soient abandonnés à la cupidité des officiers, aux oppressions des collecteurs;
qu'un Turc, avec deux témoins qu'il
achète, puisse, devant le cadi, lui disputer
et lui ravir sa fortune et celle de sa famille, tandis qu'eux, chrétiens, n'ont pas
de témoignage contre les Musulmans; que
la marine turque les pille régulièrement et
impunément; que le janissaire n'ait rien à
craindre s'il lui plaît de porter la main

sur leurs femmes ou leurs filles, voilà ce qui fait de ce malheureux pays une prison plus terrible que toutes les prisons, de ces maîtres des geôliers, et des Grecs de malheureux esclaves.

Ils arrivèrent enfin à la maison où devait avoir lieu la noce. Au-dehors, elle ne présentait que l'aspect de la misère; mais elle répondait mieux dans l'intérieur aux richesses de son propriétaire, contraste né, pour les Grecs, de la nécessité de cacher, autant que possible, à leurs tyrans le bien-être dont ils pouvaient jouir.

Les personnes invitées étaient déjà réunies en grand nombre; c'étaient des Arméniens, des Grecs et des Italiens, tous parés pour ce jour de fête de leurs plus somptueux habits. Quand Flamming entra, sa bonne mine fit sur l'assemblée un effet presque magique. En effet, le costume solennel d'un riche habitant des villes hanséatiques, costume qu'il avait pris dans l'esprit de son rôle, ne servait pas peu à relever ce qu'il avait de vraiment remarquable dans la taille et la figure; son pour-

point de velours noir lui donnait quelque
chose de majestueux, sans rien cacher de
ses formes élancées, et faisait ressortir avec
éclat le col rabattu de superbe dentelle
autour duquel se jouaient avec grâce ses
beaux cheveux blonds. Une barette, également de velours noir, surmontée de
plumes noires, un manteau de même
étoffe, une chaîne d'or autour du cou, et
une riche épée, complétaient son costume, et donnaient à son attitude fière et
martiale quelque chose de la majesté d'un
prince.

—Voilà ce Flamming dont tu as entendu
prononcer le nom, dit tout bas une des
jeunes filles à sa compagne.

—Ah! qu'il est beau! répondit celle-ci.
Au moment où Flamming allait s'occuper
à faire connaissance avec les visages des
différens personnages qui se présentaient
à lui, il fut interrompu par le personnage
chargé des fonctions de maître des cérémonies, qui vint le prendre pour lui assi-
gner son rang. On allait se rendre à l'église,
il fut placé auprès d'un jeune Grec de la

plus belle figure, dont les larges pantalons bleus, les pantoufles rouges, la ceinture de soie rouge et l'habit vénitien, formaient contraste avec le costume du prétendu négociant allemand. Le cortège partit : il était ouvert par un danseur qui portait un drapeau de mille couleurs; d'autres danseurs venaient ensuite, cadençant leur marche d'après les sons des flageolets et des timbales. Deux enfans portaient des flambeaux, et leur présence semblait rappeler les deux divinités du paganisme, l'Amour et l'Hymen. Les deux époux suivaient : leurs mains étaient unies par des chaînes d'or et de fleurs; de riches ornemens couvraient leur tête, et le visage de la mariée était couvert d'un voile enrichi d'or. Aussitôt qu'ils parurent, ils furent salués par une pluie de graines de cotonnier, symbole d'un nombre égal d'années heureuses. Lambro avait cru devoir y ajouter des parcelles d'or et d'argent, signe non moins poétique des richesses qui attendaient les nouveaux époux. Les parens et les conviés venaient ensuite deux à deux,

et dans le plus grand ordre. On arriva enfin
à l'église. Le vénérable papas vint jusqu'à
la porte recevoir les époux, et les conduisit
à l'autel où commencèrent les cérémonies
de la bénédiction, aussi curieuses que com-
pliquées.

Après avoir enlevé les liens de fleurs
qui enlaçaient leurs mains, le prêtre bénit
deux couronnes ornées de rubans et de
dentelles, et deux bagues, l'une d'or, l'autre
d'argent; il plaça les couronnes sur la tête
des deux époux, et les bagues à leur doigt.
Alors il récita, avec une vitesse incroyable,
les prières consacrées; et, tout en parlant,
il changea les bagues plusieurs fois: celle
d'or demeura enfin au mari. La mère de
la jeune femme s'avança ensuite, se plaça
entre elle et son mari, et, les mains ap-
puyées sur leurs couronnes, elle récita une
courte prière, pendant laquelle le papas
posa cinq cachets sur cinq parties du corps
de l'épouse, pour indiquer que désormais
elles appartenaient exclusivement à son
mari.

Ensuite, suivirent la bénédiction et l'encensement ; et pendant ces cérémonies, tous les parens vinrent baiser la mariée au front, tandis que le papas, accompagné par quelques diacres, chantait l'hymne des fiançailles. Enfin, il termina la solennité en coupant un morceau de pain par parcelles, et en les jetant dans un bocal de vin. Le papas en prit le premier une cuillerée, distribua le reste aux deux époux et à tous les assistans, et le cortège reprit le chemin de la maison où se faisait la noce, dans l'ordre où il était venu. Flamming, qui avait reconnu dans la paranymphe sa belle Dionée, demanda à son voisin qui était cette jeune fille.

Il paraît que cette demande fut faite avec un peu trop de chaleur et de vivacité, car le jeune Grec le regardant d'un œil défiant, lui répondit avec humeur :

— Dionée est la fille unique de l'opulent Ducas de la vieille race des Cantacuzène de Scio ; elle est de mon pays, et dans peu de lunes, elle sera mon épouse.

— Vous avez donc déjà obtenu son consentement, heureux Léontaras, dit Flamming, qui se rappelait l'entretien de la terrasse, et qui n'était pas fâché de mortifier un peu la vanité du riche insulaire.

— Il paraît que je suis aussi bien connu de vous que vous me l'êtes peu, s'écria Léontaras avec humeur, et vous semblez prendre à cette jeune fille un intérêt trop vif, pour qu'il ne vous attire pas quelques désagrémens. Un noble Grec, fier de la gloire immortelle de ses aïeux, ne doit pas souffrir que l'on porte la moindre atteinte à l'innocence de celle qui doit devenir son épouse, et un Pâris trouverait ici son Ménélas.

— Vous tenez là des discours superflus, ami Léontaras, lui dit Flamming s'échauffant autant que le lui permettait son costume de marchand. D'abord, si j'étais un Grec moderne, courbé sous le joug des Turcs, je me garderais de jamais faire mention de mes glorieux ancêtres, afin que personne ne s'avisât de comparer le passé au présent; puis, j'aimerais mieux réserver mon courage contre un pacha ou un aga despote, que d'en faire un vain étalage devant un marchand paisible, qui est, comme vous, l'hôte de cette maison.

Léontaras se mordit les lèvres ; et avant qu'il eût trouvé quelques mots à répliquer à l'audacieux Hambourgeois, le cortège nuptial s'arrêta devant la maison, et la fiancée sautant à pieds joints sur un crible placé sur le seuil de la porte, le déchira, pour faire preuve d'une vigueur virginale. Des félicitations lui furent adressées de toutes parts sur cet acte héroïque, et les conviés se précipitèrent dans la grand'salle de la maison, où le festin des noces était préparé. Au milieu du tumulte et de la confusion que faisait naître le choix des places, Flamming se trouva inopinément auprès de la belle Dionée.

— Serez-vous moins silencieuse aujourd'hui que l'autre nuit à la citerne, charmante fille ? lui demanda-t-il en riant. N'avoir pas daigné répondre à mon salut amical !......

La jeune fille baissa les yeux en rougissant.— Croyez-moi, seigneur, lui dit-elle, je n'en ai pas éprouvé moins de regret

I.

que vous ; mais j'étais forcée de garder le silence : quand on va chercher l'eau mystérieuse, on doit se garder de parler.

— Et l'oracle a-t-il été conforme à vos vœux ? reprit Flamming d'un ton enjoué ; avez-vous entendu retentir le nom que vous desiriez entendre ?

—Vous parlez vraiment comme si vous nous aviez écoutées sous la terrasse, s'écria Dionée dans un aimable embarras ; si je le savais, je ne vous regarderais de ma vie!

En ce moment, le maître des cérémonies appela la paranymphe, pour prendre place auprès des époux. Léontaras et Paolo accoururent de deux côtés différens pour la conduire, et gagner ainsi une place auprès d'elle ; mais elle saisit vivement la main de Flamming, et s'en empara, comme pour chercher auprès de lui un asile contre l'ardeur de ses deux soupirans. Celui-ci, passant d'un air triomphant entre ses deux rivaux, la conduisit à la place d'honneur qu'on lui réservait, et se mit, plein de ravissement, auprès d'elle.

— Ne m'accusez pas de légéreté, parce

que je vous ai, en quelque sorte, forcé d'ê-
tre mon voisin de table, lui dit-elle à voix
basse, après une longue pause, et lorsque
la joie du festin eut commencé à devenir
bruyante; mais Léontaras m'est devenu
odieux par ses prétentions sur moi, et
pour le voisinage d'un Turc, que mon
saint patron m'en préserve!

— Ainsi, je dois mon bonheur à la ré-
pugnance que vous éprouvez pour eux?
répondit Flamming en riant.

— Que dites-vous donc là! s'écria-t-elle
en rougissant de nouveau, et en s'effor-
çant de se montrer fâchée.

— Mais non, ajouta Flamming en se
reprenant, je dois plutôt le choix dont je
suis fier à un motif généreux. Vous avez
senti que vous me deviez quelque dédom-
magement du silence que vous avez gardé
à la citerne.

— Comment une pauvre Sciotine pour-
rait-elle se flatter de récréer par sa conversation un négociant venu de si loin, et
si répandu dans le monde? dit Dionée en
badinant.

7.

— Une Sciotine? s'écria Flamming avec chaleur, une fille de la vieille Chios, la patrie du divin Homère !

— Ah ! dit amicalement Dionée, en lui prenant la main; vous connaissez donc et vous aimez notre vieux père Homère ?

— On n'est pas encore très d'accord parmi les savans, dit le chapelain que son costume d'Arménien avait fait reléguer à l'extrémité de la table, s'il a jamais existé un Homère, et si ce qu'on nous donne pour ses ouvrages n'a pas plutôt été rassemblé d'après des traditions orales, par quelques rapsodes.

— Faites-nous grâce de ces tristes suppositions, s'écria Flamming. Eussent-elles quelque vérité, je refuserais encore d'y ajouter foi, car elles me priveraient d'une illusion délicieuse, en séparant le divin vieillard que nous nous représentons, des belles scènes qu'il a chantées.

— Et ces suppositions ne sont nullement fondées, répliqua vivement Dionée. Sur les rochers qui bordent le rivage de notre île, on voit encore un petit mau solée de pierre, supporté par quatre lions, qu'on nommait déjà dans les temps les plus reculés le tombeau d'Homère, et nous ayons encore à Chios aujourd'hui une ancienne famille qu'on nomme les Homérides.

— Voici la meilleure preuve que Chios nous fournisse! s'écria le joyeux père Lambro, en plaçant devant le chapelain une bouteille de vin de Chios, soigneusement cachetée. Ce vin se nomme encore maintenant dans l'île la boisson d'Homère, et vous verrez qu'il fait honneur à son nom.

— Vous êtes vaincu, mon ami, dit Flamming au chapelain; il faut vous rendre. Mais avant que d'en venir là, faites connaissance avec le généreux compatriote de la belle Dionée, vous ne pourrez résister à son éloquence muette.

— C'est à vous de commencer, généreux défenseur de notre gloire, dit Dionée, en prenant la bouteille, et versant le liquide doré qu'elle contenait, dans la coupe de Flamming. Il l'éleva et s'écria avec enthousiasme :—Au souvenir du divin chan-

tre des héros et des grâces! Rendez-moi raison, belle Dionée, reprit-il avec feu. Vous
aussi, vous êtes une preuve de l'existence
du vieil aveugle, car vous semblez posséder cette ceinture que Junon emprunta un
jour, selon lui, à Vénus, pour vaincre l'a-
mour du père des dieux !

La jeune Grecque confuse prit, les yeux
baissés, la coupe que lui présentait le
jeune homme, y posa ses lèvres vermeilles,
et la lui rendit avec grâce. Flamming la
vida d'un trait, avec une ardeur qui déplut
au chapelain et à Paolo, mais par des motifs bien différens.

Personne toutefois ne sembla plus irrité de l'action de Flamming que Léontaras qui, s'approchant de lui, lui dit
d'une voix que la colère rendait tremblante: — Il est extraordinaire, seigneur
marchand, que vous prisiez autant le
chantre des héros grecs auquel vous ne
sauriez prendre aucun intérêt, car les
marchandises de l'Archipel et non pas sa
gloire, font partie de votre négoce.

— L'homme, répondit sérieusement

Flamming, l'homme, seigneur Léontaras,
doit se réjouir de tout ce qui ajoute à la
gloire de ses semblables. Permettez-moi
donc d'honorer la mémoire du Maeonide,
bien qu'il soit votre compatriote et non
le mien. Au reste, je ne suis pas aussi étranger aux armes que vous semblez le croire.
Dans ces temps orageux, le citoyen doit
se tenir toujours armé, pour défendre la
ville qui lui prête un refuge ; et le marchand qui parcourt le monde se trouve
souvent parmi des peuples où il est bon
de savoir manier une épée. Aussi n'est-ce
pas par vanité que la mienne pend à mon
côté, comme quiconque en doute pourra
aisément s'en convaincre !

Lambro remarquant la tournure hostile
que prenait cette conversation, donna le
signal de quitter la table. Flamming se
tourna alors vers sa belle voisine pour lui
offrir sa main, mais elle avait disparu, et
il trouva à sa place le vieux chapelain,
qui lui dit d'une voix sévère : — Si vous ne
maîtrisez pas mieux votre penchant pour
le beau sexe, la colère et l'irritabilité qui

sont vos péchés capitaux, je vous prédis des scènes de violence telles que le but de notre voyage à Cérigo sera totalement manqué, et que nous aurons peine à échapper nous-mêmes.

— Calmez-vous, mon père, répondit Flamming, et souvenez-vous que connaissant ma faiblesse, j'avais refusé de venir à cette fête, où vous m'avez forcé de me rendre.

— Ce n'est pas à éviter l'ennemi que consiste le courage, reprit le chapelain. Il faut le chercher et le vaincre. Et si vous avez besoin de vous tenir en garde contre la séduction, songez à Célestine, à cette Célestine qui n'a pas mérité d'être si tôt oubliée, et dont vous sacrifiez l'amour pur à un amour terrestre.

— Vous vous entendez fort bien à éteindre une joie innocente, messire chapelain, répondit Flamming mécontent; je suis redevenu tout-à-coup aussi sérieux que l'Ordre peut le desirer, et tout prêt à le servir.

— Je suis charmé de ces dispositions,

mon jeune ami, lui dit le chapelain en cherchant à l'adoucir; car voyez, voici venir les Turcs pour lesquels nous sommes ici, et que vous allez tâcher de confesser.

En effet, le Thorbaschi que l'on attendait arriva dans toute la *grandezza* musulmane, avec son grand bonnet de feutre, dont le revers quadrangulaire lui couvrait les épaules, et son cafetan blanc; son tablier orné de franges d'or, et brodé d'une multitude de perles et de graines de corail, tombait jusqu'à ses genoux, et à sa ceinture brillaient un handjar * et un attaghan **, chargés de pierreries. Il était suivi de l'Odabaschi portant sa nouvelle pipe, du receveur des impôts et de deux marchands turcs qui avaient été invités à cette fête, par le motif qui fait que l'on allume un cierge en l'honneur des méchans esprits. Les Grecs interdits s'empressaient avec une politesse inquiète autour de ces hôtes orgueilleux, et leur

* Sorte de poignard.
** Long sabre turc.

présentaient à-la-fois des coussins, des
pipes, des sucreries, du café et du sorbet;
mais le Thorbaschi, refusant toutes ces
choses, prit des mains d'un esclave maure
une petite cassette richement ornée, s'approcha de la mariée, et l'ouvrit devant
elle. Elle contenait de l'opium en tablettes.

— Il est assaisonné de canelle, lui dit-
il, avec le rire d'un faune, et très bon
pour deux nouveau-mariés.

— Insolent! murmura à voix basse le
vieux Lambro qui comprit cette ignoble
plaisanterie; et, à l'exemple du Thorbaschi, tous les conviés mirent leurs pré-
sens sur les genoux de la mariée. Chacun
d'eux reçut d'elle, en retour, conformé-
ment à l'usage, une rose liée par du clin-
quant d'or, avec cette devise : « Allez, et
« imitez-nous. »

Pendant ce temps, Dionée s'était débar-
rassée de son bizarre accoutrement. Elle
reparut vêtue d'une robe légère, convenable à la danse, et se trouvait, tout en
jouant avec sa rose, auprès de Flamming.
Léontaras s'approcha d'elle, avec la fleur

qu'il venait de recevoir, et la supplia avec tout le feu de la passion d'échanger ces deux gages symboliques.

— Comment auriez-vous mérité une semblable faveur, lui demanda-t-elle amèrement? Peut-être par les propos piquans que, sans respect pour les saintes lois de l'hospitalité, vous avez lancés contre ce marchand étranger? J'ai bien deviné la source de votre humeur, et je vous le dis pour que vous en fassiez votre profit à l'avenir quand vous voudrez gagner le cœur d'une jeune fille : la jalousie d'un amant qui n'est pas aimé est de toutes les choses du monde la plus ridicule, la plus insupportable.

Tout en parlant ainsi, elle avait plusieurs fois, en jouant, jeté sa rose en l'air et l'avait reçue dans ses mains; elle la lança une nouvelle fois, et la fleur prit, par hasard peut-être, sa direction vers Flamming : — Recevez-la ! lui cria-t-elle d'un ton badin. Il obéit, et baisa la rose avec autant d'ardeur que si c'eût été la bouche de Dionée. Elle le vit, se mit à

rougir en souriant, et s'enfuit avec vitesse.
Léontaras la suivit des yeux, plein de rage.
On entendit tout-à-coup retentir au-dehors une musique plus bruyante qu'agréable; elle se composait de trois lyres et d'une
sorte de cornemuse.

— La zamboria nous appelle à la danse!
se dirent les jeunes filles, et, se prenant
la main, elles coururent au jardin se placer devant la terrasse de la maison. Les
autres convives de la noce les suivirent,
et les Turcs eux-mêmes, qui ne prennent
guère part qu'aux plaisirs dont ils peuvent
jouir assis, se laissèrent placer sur des
coussins de soie, où ils se mirent à aspi-
rer gravement la fumée de leurs pipes, en
regardant la danse. Flamming se plaça
près du Thorbaschi, et la danse d'Ariadne,
nommée aussi le Labyrinthe, véritable
reste de l'antique Hellade, commença.
Conduites par la belle Dionée, vingt char-
mantes filles de l'île de Cythère, se tenant les mains, formèrent une guirlande
autour d'une colonne de marbre, qui s'é-
levait au milieu de la danse. Bientôt leurs

pas s'animèrent; Dionée s'élança dans le cercle avec l'une de ses compagnes, et, tandis qu'elle agitait en l'air un châle brodé, les autres dessinaient, par leurs danses gracieuses, mille figures pittoresques. Flamming était demeuré comme attaché à sa place, les yeux fixés sur ce spectacle enchanteur, et, les relevant, il aperçut en face de lui Paolo, dont les regards étincelans lui rappelèrent la scène dont il avait été témoin dans la cale de la galère tunisienne. Dionée céda sa place à une autre jeune fille; et Flamming, pour lequel tout l'attrait de la danse avait cessé, trouva le loisir de s'approcher du Thorbaschi, qui goûtait silencieusement et en se caressant la barbe, le plaisir que lui inspiraient les attitudes voluptueuses des jeunes filles.

— Tu sembles trouver du plaisir à cette danse, très puissant Thorbaschi, lui dit Flamming, en s'accroupissant, non sans difficulté, à la manière des Turcs, sur les coussins de soie.

— Ces filles ne sautent pas mal, répon-

dit le Turc en souriant; mais ce n'est rien
auprès des cabrioles des petits garçons
grecs devant les cafés de Stamboul. Ces
petits chiens d'infidèles sont habillés en
filles, et savent si bien se tourner de
toutes les façons, que nous leur donnons
souvent des poignées de sequins, en récompense de leur agilité.

— Oh! les misérables Turcs! se dit Flamming, et, parlant au Thorbaschi : — Au
reste, lui dit-il, ces jeux doivent te distraire des souffrances de la guerre que
tu as eu sans doute à essuyer devant
Candie.

— Par ma barbe! s'écria le Turc irrité
à ce seul souvenir, les giaours nous ont
mal menés, mais nous le leur rendrons
bien; car, avant que le croissant de la lune
se remplisse, Candie sera à nous, et des
tours de ses églises, le muezzin appellera
les vrais croyans à la prière.

— Cela coûtera beaucoup de sang, sans
doute? demanda vivement Flamming.

— Le sang qui doit couler, d'après les
décrets éternels, ne saurait demeurer dans

les veines *, répondit le Turc avec une résignation tranquille.

— Fasse le ciel que tes prédictions
soient vraies, très excellent Thorbaschi!
dit Flamming. Me fiant en la vaillance des
Musulmans, j'ai calculé sur la chute de
Candie pour les affaires de mon négoce,
et si elle tient encore cette année, je serai
dans un fâcheux embarras.

— Sois tranquille, Franc, lui répondit
le Thorbaschi, Candie ne tiendra pas un
mois; je te le prédis, et j'en suis sûr; car
je connais les mesures qui ont été prises.
Il y a dans l'armée peu de fidèles mieux
instruits de tout cela que moi, qui suis
honoré de la confiance du très noble et
vaillant aga des janissaires, que conserve
Allah!

— Jamais confiance ne fut mieux placée
qu'en toi, dont le regard annonce un
trente-troisième **, répondit Flamming

---

* *Akaschak kan damarda durmaz*, dit la doctrine de la
prédestination musulmane.

** La trente-troisième Oda ou chambrée des janissaires,
qui était destinée au service maritime, était la plus célèbre;

d'un ton flatteur. Qu'il doit être agréable et profitable en même temps d'écouter les leçons d'un guerrier tel que toi ! Si ta sagesse daignait, très redoutable Thorbaschi, me communiquer quelques détails sur le siège de Candie, tu obligerais éternellement ton serviteur.

Le Turc, pris par son côté faible, ne put s'empêcher de s'étendre avec complaisance sur son propre mérite.

— Le grand Abubeker, dit-il, écrivait à Omar : « Répands la science jusqu'à ce que « chacun sache ce qu'il ignorait, car la « science ne se perd que par le mystère ». Tu sauras donc tout ce que je sais, jeune Franc.

— Vois, j'ai justement sur moi une carte de Candie, s'écria Flamming, se hâtant de profiter de la sotte vanité du Turc, et il la déploya devant le Thorbaschi. Si tu veux me montrer les points dont il sera question, je te comprendrai plus facilement.

et le surnom de trente-troisième était le titre le plus flatteur que l'on pût donner à un homme de guerre.

— Tu es un jeune homme de bonnes dispositions, dit le Thorbaschi en lui pinçant amicalement la joue, et il se mit à s'entretenir avec lui des prochaines dispositions du siège, dans un si grand détail qu'il ne resta à Flamming presque plus rien à apprendre.

Pendant ce temps, la Romaïca et la danse de Flore avaient succédé à celle d'Ariadne, et les jeunes filles, épuisées de fatigue, s'étaient assises sur le gazon, et se reposaient de leur lassitude tout en chantant des ballades, des *kotsakias* et des romances nationales. Le triste Léontaras s'approcha d'elles, et, pour apaiser sa bien-aimée, il prit le luth au long manche, et, en frappant les cordes, il se mit à chanter cette complainte fort connue dans la Grèce :

Finis mes maux,
Arbuste sombre ;
De tes rameaux
Prête-moi l'ombre !
Deux mots d'amour
En ce séjour
Je veux te dire ;
Deux mots d'amour,

> Dans mon martyre,
> Je veux te dire,
> Et puis finir,
> Et puis mourir. *

Léontaras continuait de chanter, lorsque la malicieuse Dionée, se faisant donner un tambour phrygien, interrompit
cette romance en chantant cette parodie
non moins connue :

> Du vaste ciel si le rideau
> Servait de papier à ma plume,
> Si l'Océan grossi d'écume
> Comme encre me donnait son eau,
> Du retour des nuits, à l'aurore,
> J'écrirais sans fin mes malheurs :
> J'écrirais mes longues douleurs,
> Et n'aurais pas tout dit encore. **

Le rire des jeunes filles accompagna
cette joyeuse parodie; mais Léontaras se
leva furieux, jeta le luth à terre, et s'é-
lança hors du jardin.

> * Κυπαρισακι μου όψηλο,
> Σαυψε να σε λαλησω
> Εχω δυο λογια να ῶσέ πα
> Κί απε να ξεψυχησω.

> ** Του ούρανον καμυωχαρτι,
> Την θαλασαν μελανι,
> Να γραφω τα πισματικα
> Κόν παλα, θεν με φανα.

CHAPITRE XVIII.

— Je te suis grandement obligé de ta bonté, très vénérable Thorbaschi, dit Flamming en reployant sa carte. Je dirigerai toutes mes entreprises selon les conseils que tu m'as donnés, et je me réserve de te donner, dans la suite, des preuves palpables de ma reconnaissance.

Quelqu'un le tira par son habit; il se retourna, et vit son fidèle Wulf qui le prit à part. — Le chevalier de Montauban est ici, déguisé en Juif, et veut vous parler, lui dit-il à l'oreille.

— Conduis-moi sur-le-champ auprès de lui, s'écria Flamming, et il rentra avec le caporal dans la maison où le joyeux Montauban se présenta à lui, vêtu en Juif turc.

— J'ai à traiter d'une importante affaire
de négoce avec ce Juif, dit Flamming au
vieux Lambro qui se trouvait sous ses pas.
Ayez la bonté, ajouta-t-il, de nous indiquer un lieu retiré et tranquille. Lambro
ouvrit la porte d'un cabinet de plain-pied
dont la fenêtre donnait sur une partie peu
fréquentée du jardin. — Garde la porte !
cria Flamming à Wulf, et il y entra avec
Montauban.

— Au moins, dit Montauban en exami-
nant Flamming de la tête aux pieds, au
moins votre costume est-il supportable.
Vous pouvez, sous ces habits, faire la con-
quête d'une douzaine de jolies Grecques;
et il me semble que vous avez bien commencé. Mais, moi, je me suis laissé béné-
volement ensevelir dans cette robe de
Juif, et je me fais horreur à moi-même,
avec ce bonnet jaune et ces pantoufles
bleues.

— Laissons là ces folies, mon cher compagnon d'armes, répondit Flamming, et
donnez-moi vos dépêches.

— Elles ne sont que verbales, lui dit Montauban. Le grand-amiral est arrivé à Cérigotto, il y a trois heures. La bataille devant Candie aura lieu cette nuit même. Il faut que, pendant ce temps, vous vous empariez de Cérigo; c'est un point qu'il nous importe d'occuper près des côtes de Morée, si le plan général réussit. Avez-vous pu vous procurer les renseignemens qui nous étaient nécessaires?

— En voici la première partie, dit Flamming en lui remettant ce qu'il venait d'écrire; les renseignemens les plus importans ne sont encore que dans ma mémoire; mais je les déposerai sur le papier, si vous avez la patience d'attendre.

— Sans doute, dit le chevalier en souriant, et pour ne pas trouver le temps trop long, je vais aller essayer auprès des belles Grecques, si l'amabilité française pourra triompher du dégoût qu'inspire une barbe israélite.

Il s'éloigna en sautillant, et Flamming, s'approchant d'une table sur laquelle il plaça la carte de Candie, se mit à écrire

tout ce que l'honnête Thorbaschi lui avait
révélé, avec une application si grande,
que la sueur découlait à grosses gouttes
de son front, et qu'il n'aperçut pas Léontaras qui l'observait du jardin à travers
la fenêtre, avec une vive curiosité.

Enfin Flamming secoua sa plume, Léontaras disparut, et le Juif revint prendre
les papiers; puis Flamming appela Wulf,
et lui ordonna d'aller au port, avec le chevalier, avertir les gens de l'équipage de se
tenir prêts à combattre.

— Tout est bien disposé sur les deux
champs de bataille, s'écria le Juif en riant.

Flamming prit congé de lui, et retourna
dans le jardin. A peine s'y fut-il rendu,
qu'il aperçut la robe de Dionée flotter
derrière un buisson; il s'approcha doucement, et vit la jeune Grecque repoussant Paolo qui, le visage animé et les yeux
étincelans, cherchait à la retenir dans ses
bras.

— Que vous soyez un Turc, comme votre vêtement l'annonce, ou un chrétien,
comme vous le dites, vous ne sauriez me

plaire, lui disait-elle. Vos yeux parlent
un langage qu'une honnête fille ne doit
pas entendre. Laissez-moi et ne me forcez
pas à appeler le secours du maître de cette
maison contre un de ses hôtes !

Elle s'échappa et Paolo demeura anéanti.
Flamming suivit les pas de Dionée qu'il
apercevait dans une allée de cyprès. Avant
qu'il l'eût atteinte, Léontaras, paraissant
tout-à-coup, s'était déjà jeté aux genoux
de la jeune Grecque, et tandis qu'elle s'efforçait de se débarrasser de ses instances,
un troisième personnage vint augmenter
le nombre de ses soupirans.

L'Odabaschi, qui avait oublié dans la
joie de la fête les sévères défenses du Prophète, et qui avait fait un usage assez peu
modéré du vin de Chios du vieux Lambro,
dans un kiosque du jardin où il s'était
retiré avec le receveur des impôts, reve-
nait en ce moment avec son compagnon,
cachant une bouteille à demi vidée sous
sa large veste, et plein du dieu qu'il avait
fêté. Le hasard le conduisit sur les pas de
Dionée, dont les charmes lui parurent

alors plus séduisans que jamais. L'ivresse augmentait son insolence, et il fit connaître aussitôt ses desseins, en véritable Turc, en criant au Grec agenouillé : — Allons, va-t'en, giaour, les plus belles filles de ce pays appartiennent aux Musulmans! En même temps, il repoussa Léontaras et s'empara de la main de Dionée.

— Tu vas te convaincre, Odabaschi, s'écria Léontaras à-la-fois rempli de crainte et de colère, qu'il n'est pas convenable d'agir ainsi envers un jeune homme d'une des plus nobles familles grecques.

— Bah! s'écria l'Odabaschi, vous autres Grecs, vous pouvez vous honorer entre vous, et vous estimer tant qu'il vous plaira; mais, devant les Turcs, vous êtes tous esclaves, et vos filles sont trop heureuses quand elles attirent les regards d'un croyant.

Dionée continuait à se débattre entre les mains du Turc, et Léontaras, faisant un dernier effort, dit à l'Odabaschi : — Si tu ne laisses cette jeune fille, insolent Musulman, je porterai mes plaintes à l'aga des janissaires, et même, s'il le faut, au Grand-Seigneur, qui ne laissera pas vexer ainsi de fidèles sujets de la Porte.

— Maudit giaour, tu oses menacer un mahométan! lui cria le Turc en tirant son handjar. A la vue de l'acier brillant, Léontaras s'enfuit à toutes jambes, abandonnant sa bien-aimée au ravisseur, qui se disposait à employer la violence pour l'emmener, lorsque Flamming accourut, et, repoussant rudement l'Odabaschi, délivra la jeune fille de ses mains.

— N'as-tu pas honte, lui cria-t-il d'une voix de tonnerre, de violer l'hospitalité, la seule chose qui soit encore sacrée pour vous autres Turcs! Tu es invité à prendre ta part de la joie de cette famille, et tu te conduis comme un klephte des montagnes envers cette jeune fille, qui est proche parente de la mariée!

— Veux-tu encore m'apprendre ce que j'ai à faire, maudit Franc! répondit l'Odabaschi dont l'ivresse augmentait la colère. Eloigne-toi sur l'heure, ou je te fais donner sur la plante des pieds une bas-

tonnade dont tu parleras à tes petits-
enfans !

—La bastonnade! s'écria Flamming avec
tout l'orgueil chevaleresque, et son épée
brilla aussitôt dans sa main. En un clin-
d'œil, le poignard du Turc tomba sur la
terre, et Flamming, le saisissant par les
épaules, le frappa impitoyablement, à
coups redoublés, du large plat de son
épée.

— Au secours ! Hassan ! mugissait le
malheureux Odabaschi, qui s'efforçait en
vain d'échapper au bras vigoureux de son
adversaire.

Hassan, le receveur des impôts, accourut à ses cris; mais, apercevant la ferme
contenance du jeune chrétien, il se con-
tenta de dire froidement, tandis qu'une
grêle de coups tombait sur les épaules de
son compagnon d'orgie : — Je ne saurais te secourir, ami; car je vois bien le
Franc qui te bat seul, et je ne doute pas
qu'à nous deux nous n'en puissions avoir
bon marché; mais qui me répond que les
esprits invisibles ne sont pas avec lui, et

ne viendront me saisir à mon tour * ? Tout ce que je puis faire pour toi, en cette affaire, c'est d'aller avertir le Thorbaschi de ce qui se passe. A ces mots, il partit sans se hâter; et Flamming, las de battre, abandonna l'Odabaschi, qui s'éloigna en poussant des cris plaintifs.

Dionée se jeta, encore tremblante d'effroi, dans les bras du jeune homme, et ses beaux yeux exprimaient sa vive reconnaissance.—Oui, oui, vous êtes un homme, lui dit-elle d'un accent langoureux. J'ai cru voir le bel Achille, tel que nous le peint Homère, enflammé de colère quand on voulut lui ravir Briséis. Oh! que Dionée est fière de vous devoir sa délivrance !

Enivré par ces douces paroles, Flamming serra avec ardeur la belle Sciotine contre son sein, et oubliant tous ses sermens, il pressa sa bouche contre ses lèvres de rose.

Léontaras, qui s'était caché derrière un

* C'est d'après cette superstition répandue dans l'Orient que les Musulmans ne se décident à attaquer les Chrétiens, qu'en nombre infiniment supérieur.

buisson de lauriers, se précipita avec rage vers le couple amoureux:—Mes soupçons ne m'avaient donc pas trompé, s'écria-t-il; mais ne te réjouis pas encore de ton triomphe, Franc orgueilleux!... Puisque tu m'as ravi toutes mes espérances, j'appellerai tout l'enfer pour consommer ta ruine.

A peine avait-il disparu, que le vieux Lambro, le chapelain et Paolo accoururent en toute hâte.

— Au nom de tous les saints, qu'avez-vous fait? s'écria Lambro tremblant. Le receveur et l'Odabaschi ont élevé des plaintes graves contre vous, auprès du Thorbaschi; il est plein de fureur, et vient d'envoyer chercher sa garde de janissaires. Une prompte fuite peut seule vous sauver.

—La fuite gâterait tout, répondit Flamming après quelques momens de réflexion. Je préfère m'expliquer avec ce Thorbaschi qui m'a semblé assez raisonnable pour un Turc. Et dans le cas le plus désespéré.... dites-moi, combien comptez-vous à-peu-près de janissaires à Cérigo ?

— Environ deux cents, répondit Lambro, cinquante d'entre eux sont dans la citadelle du port.

Flamming prit alors Paolo à part. — Courez au port, lui dit-il. Que Wulf m'envoie ici vingt hommes, que vingt autres restent dans le port, et que l'artillerie du vaisseau soit pointée sur la ville. La soirée est déjà commencée, il peut être ici dans une heure. Vous avancerez à la faveur de la nuit, et en silence, tout proche de la maison. Vous me ferez connaître votre arrivée par un roulement de tambours. Si vous ne recevez pas de nouvel ordre, vous vous emparerez de la maison, et vous tuerez tout ce qui fera résistance. — J'envoie Paolo au port, dit alors Flamming au chapelain. Il y aura sans doute, cette nuit, une affaire chaude. Le lieu le plus sûr sera toujours le vaisseau; je vous engage à vous y rendre.

— J'espère que vous ne ferez pas de nouveau quelque coup de tête? lui demanda le défiant chapelain.

—Soyez sans crainte, reprit Flamming. Je puis exposer légèrement mes jours; mais ceux des guerriers qui me sont confiés sont sacrés pour moi, et je serai toujours prêt à en rendre compte au chapitre de l'Ordre.

—Mais, sire de Flamming, répliqua le prêtre, ne serait-il pas plus prudent que vous retournassiez avec nous au port?

— N'accusez pas ma confiance d'imprudente audace, mais je ne saurais me résoudre à fuir devant ces Turcs, dit Flamming. La belle Dionée, ajouta-t-il, a besoin d'un protecteur, et je ne l'abandonnerai pas à la fureur de ces barbares. Pour vous, je vous engage à faire diligence; car plus vous tarderez à m'envoyer une partie de l'équipage, plus j'aurai de danger à courir.

Le chapelain approuva cette dernière raison, et prit le chemin du port avec Paolo en marchant avec autant de vitesse que le lui permettait sa longue robe d'Arménien.

—Et qu'allez-vous devenir, mon pauvre ami? demanda Dionée inquiète.

— Je reviendrai sans crainte parmi ces Turcs, répondit le jeune homme, et je vous ramenerai auprès de vos compagnes, si vous ne préférez vous cacher en lieu sûr, pendant les premiers momens de l'orage.

— Vous oubliez que je suis de Chios ! s'écria fièrement la jeune Grecque, de Chios, le dernier refuge de la vieille énergie hellénique : je suis résolue à partager le mauvais sort qui vous attend, si je ne puis le détourner de votre tête.

A ces mots, Dionée regagna la maison d'un pas ferme, suivie de Flamming et du vieux Lambro.

CHAPITRE XIX.

Le Thorbaschi se promenait à grands
pas dans la salle basse de la maison de
Lambro, tandis que l'Odabaschi et le receveur, succombant sous leur double ivresse,
s'étendaient sur les coussins du sopha qui
régnait le long de la muraille, lorsque
Flamming ouvrit la porte.

— Lumière de la foi! dit le jeune chevalier en s'approchant du chef des janissaires, je viens te demander justice de ton
subordonné l'Odabaschi.

Le Turc s'arrêta, la bouche béante, et
fixant avec étonnement ses grands yeux
sur le Franc audacieux, qui changeait le
rôle d'accusé en celui d'accusateur.

— La querelle que nous avons eue ensemble, continua Flamming feignant de ne pas s'apercevoir de l'étonnement du Musulman, concerne cette question ! savoir si toi, très sage Thorbaschi, tu es le maître de cette île, ou si c'est cet Odabaschi que voilà. S'il est le maître, j'ai, sans contredit, poussé les choses trop loin ; mais ta clémence me pardonnera une précipitation qui ne vient que d'un trop grand attachement pour ta vénérable personne.

— Je ne comprends pas encore où tu veux en venir, Franc, dit le Thorbaschi avec impatience. Qui peut donc douter que je sois maître dans cette île, et que l'Odabaschi n'est ici que pour obéir à mes ordres.

— Hélas ! continua Flamming d'un air hypocrite, cette prétention n'a été que trop élevée, et c'est aux efforts que j'ai faits pour la combattre, que je dois les mauvais traitemens dont je suis l'objet. Déjà, à mon arrivée à Cérigo, cet Odabaschi a exigé de moi cinquante sequins outre les droits ordinaires.

— Qu'entends-je! s'écria le Thorbaschi d'une voix tonnante, en se tournant vers l'Odabaschi qui se releva effrayé, et rétomba presque aussitôt dans son sommeil bacchique.

— Je n'ai pas refusé de m'acquitter de ce paiement, continua Flamming, car j'étais résolu de faire un petit présent, comme il est convenable, au commandant en chef de cette île; mais afin qu'il lui parvînt, j'exigeai un reçu que l'Odabaschi me refusa, préférant abandonner ces cinquante sequins plutôt que de te les offrir, et se bornant à recevoir une pipe qui est justement celle qu'il tient à la main, en cet instant.

Le Thorbaschi fit une seconde exclamation, et ses yeux s'animèrent d'une colère nouvelle.

— Il y a un quart-d'heure, reprit tranquillement le narrateur, je surpris cet Odabaschi dans le jardin, comme il maltraitait une parente du maître de cette maison, et menaçait de percer le futur de cette jeune fille d'un coup de son handjar.

Je m'approchai, et lui arrachant le poignard qu'il tenait levé, je le priai poliment de se modérer, et lui remontrai que toi, source de sagesse, tu ne verrais pas de bon œil un tel oubli des lois de l'hospitalité, dans une maison que tu honores de ta présence.

— Par le Prophète, ce Franc parle bien ! s'écria le Thorbaschi.

— Malheureusement, ajouta Flamming, l'Odabaschi ne fut pas de cet avis, car il se mit à s'écrier qu'il était le maître dans l'île, que nul n'avait le droit de lui tracer des règles de conduite, et qu'il me ferait châtier comme je le méritais, pour avoir eu l'audace de le contredire.

— Quoi ! il a dit cela ? cria, plein de rage, le Thorbaschi en portant la main à la poignée de son sabre.

— Ne te mets pas en colère contre cet homme, dit Flamming d'un ton suppliant : il est vrai qu'il s'est montré mon ennemi, mais je dois à la vérité d'ajouter, pour sa justification, qu'il était ivre à ne pas être maître de sa raison. Il ne se serait

sans doute pas permis de semblables asser-
tions à jeûn.

— Ivre ! s'écria le Thorbaschi. Parle ,
Achmet., es-tu ivre ?

L'Odabaschi se souleva avec peine sur
son coussin, murmura qu'il était à jeûn,
comme au ramazan *, et retomba sur le
sopha.

— Mais j'espère au moins que c'est
d'opium ? dit en suspendant sa colère le
Thorbaschi, qui était un rigide observa-
teur des préceptes du Coran.

Flamming s'avança vers l'Odabaschi,
tira avec civilité de dessous la veste du
Musulman la bouteille qu'il y tenait cachée, la plaça devant le Thorbaschi , et
répondit avec une simplicité affectée : —
Je dois malheureusement conclure de la
présence de cette bouteille, que l'honnête
Odabaschi a goûté quelque peu du bon
vin de Chios.

— Du vin ! s'écria le rigide Musulman
en se frappant les mains au-dessus de sa

* Carême des Turcs.

tête. Un enfant du Prophète, un de mes subordonnés, boire du vin! boire du vin dans ma compagnie, presque sous mes yeux!... Allons, Franc, continue; tu n'as pas encore fini, sans doute; car Achmet a porté aussi des plaintes contre toi.

—J'ai fini, répondit Flamming avec audace.

— Quoi! dit le Thorbaschi en fronçant ses noirs sourcils. Tu nies d'avoir tiré ton épée contre l'Odabaschi, et d'avoir cherché à le tuer.

—S'il a dit cela, c'est le vin qui parle en lui, et trouble sa mémoire.

— Mais Hassan, qui est là, en dit autant, reprit le Thorbaschi en secouant la tête.

— Pour Hassan, dit Flamming, il n'a fait que parler durant toute cette querelle avec de mauvais esprits qui l'obsédaient, et ce peut être en lui une déception du démon. Au reste, il était également ivre, et je ne crois pas qu'un Musulman puisse être entendu en témoignage, lorsqu'il est en état de péché devant son Prophète.

—Toutes ces paroles sont assez bonnes,

Franc, murmura le Thorbaschi; mais elles ne suffisent pas pour me convaincre de ton innocence.

— Alors, fais appeler en témoignage les sujets de la Sublime Porte, Dionée et Léontaras.

— Si j'étais un Théariaki *, et que le népenthès ** m'eût privé de ma raison, répliqua le Thorbaschi de mauvaise humeur, je ferais ce que tu me conseilles : ne sais-je pas qu'ils diront comme toi !

— Alors, mes raisons sont épuisées, dit Flamming; mais, j'ai confiance en la bonté de ma cause, et en toi, fontaine de justice. Écoute ma dernière parole : Si j'ai attaqué l'Odabaschi, l'épée nue, comme il le prétend, il doit être blessé; mais je ne vois pas de sang sur ses vêtemens.

— Ni moi non plus, s'écria le Thorbaschi en regardant attentivement l'accusateur. Eh! Achmet, est-tu blessé ?

* On nomme ainsi les Orientaux qui se privent de leur raison à force de faire un usage inconsidéré de l'opium.

** C'est un des noms grecs de l'opium.

L'Odabaschi se débarrassa de nouveau de ses coussins, ouvrit les yeux, se fit répéter deux fois cette question, et, se tâtant partout, il gronda quelques mots qui équivalaient à une réponse négative; puis, il se laissa retomber sur le sopha.

Convaincu par cet argument *ad hominem*, le Thorbaschi, s'adressant à ses deux officiers avec toute la gravité d'un magistrat turc, leur dit : — Vous avez entendu les paroles de ce Franc; musulmans, qu'avez-vous à répondre ?

Les deux ivrognes gardèrent le silence, car leurs yeux s'étaient déjà refermés, et Flamming triomphait de ses accusateurs, lorsque la porte s'ouvrit tout-à-coup, et Léontaras parut, suivi de six janissaires armés de longs bâtons, signes de leur autorité.

— Jetez au cachot ces misérables, qui ont enfreint les lois du Coran et maltraité des sujets de la Porte, commanda le Thorbaschi aux janissaires, en leur montrant Achmet et Hassan.

Les janissaires se regardèrent étonnés;

et Léontaras sembla tomber des nues, mais le Thorbaschi, frappant du pied avec colère, leur ordonna d'exécuter ses ordres sans délai, et ils obéirent aussitôt.

— Et les cinquante sequins que tu as refusés avec raison à ce coquin d'Achmet? demanda le Thorbaschi d'un air amical à Flamming, après que les janissaires se furent éloignés.

— Mon facteur arménien te les portera demain en pièces de bon aloi, répondit Flamming.

— Tu es un chrétien d'un grand sens, lui dit gracieusement le Turc, et tu serais digne d'appartenir à la sainte loi de l'islamisme.

Il quitta la salle, et Dionée, qui avait écouté de loin tout cet entretien, vint se jeter avec joie dans les bras de Flamming. Léontaras les regarda quelques instants avec colère, et s'échappa sans bruit.

— Tu étais tantôt le vaillant Achille, lui dit-elle; mais tu viens de te montrer un véritable Odysséus, par la manière adroite dont tu as joué ces musulmans.

— Odysséus n'a jamais été mon héros, répondit le jeune homme, et j'ai presque honte d'avoir eu recours à la ruse. Je ne sais d'où m'est venu tout-à-coup tant de duplicité : il faut que ce soit l'air de Cérigo !

— Railleur ! reprit Dionée. Qui a pu donner à ces pauvres Grecs un si mauvais renom parmi vous ? Pourriez-vous, reprit-elle avec chaleur, pourriez-vous blâmer un peuple, courbé depuis tant d'années sous un si rude esclavage, d'avoir enfin appris, par une adroite connaissance de la faiblesse de ses tyrans, à soulager son malheureux sort ?

— Voici une aimable défense de la ruse, dit Flamming en riant ; si vous appliquez aussi ces principes à la domination conjugale, malheur à vos futurs époux !

— Vous me blessez vivement, s'écria la jeune fille les yeux remplis de larmes.

— Chère Dionée ! pardonnez-moi, dit Flamming d'un ton suppliant, en s'emparant de la main de la jeune Grecque qu'il baisait avec ardeur, lorsque le Thorbaschi rentra d'un air furieux dans la salle.

— Qu'est-il encore arrivé, mon vénérable ami ? demanda le jeune homme étonné.

— Choisis mieux tes expressions, giaour, lui dit le Turc en le regardant avec mépris. Un vrai croyant ne saurait être l'ami d'un espion franc.

— Ainsi, ennemis ! s'écria Flamming en reculant deux pas et en portant la main à son épée.

— Quel usage, lui cria le Turc ; quel usage as-tu fait des renseignemens que tu m'as arrachés avec tant de ruse ?

— Je les ai pris en note, afin de m'en servir pour mes propres affaires, répondit Flamming d'une voix calme.

— A qui les as-tu communiqués après les avoir reçus ? continua le Thorbaschi.

— A mon courtier, le juif Samuel de Cérigotto, dit Flamming.

— Et, si je puis te prouver que cet homme n'est ni un juif ni un courtier, s'écria le Turc plein de furie. Tu crois

pouvoir me tromper encore impunément;
mais cela ne te réussira pas cette fois,
giaour! ajouta-t-il. J'ai des témoins qui
ont entendu le juif se plaindre de son tra-
vestissement, qui l'empêchait de courtiser,
comme tu le fais, les filles de l'île.

— Fais-moi connaître les témoins qui
avancent ce mensonge, répondit le jeune
chevalier avec tout l'orgueil d'une mauvaise conscience.

— Tu es incorrigible, s'écria le Thorbaschi : allons, faites entrer le Grec.

Léontaras entra dans la salle, accompagné d'une forte troupe de janissaires qui,
cette fois, avaient tiré leurs sabres.

— Parle donc, Grec! s'écria le Thorbaschi ; ce chien de Franc nie ce que tu
avances.

— Léontaras! s'écria Flamming frappé
de surprise : le chrétien se joint aux mécréans contre le chrétien !

Comme Léontaras ouvrait la bouche
pour répéter son accusation, on entendit
retentir les tambours au-dehors. Flamming, reprenant aussitôt son courage, tira

un pistolet de sa poche, et en plaça la bouche sous la barbe du Thorbaschi, en s'écriant:—Rendez-vous, infidèles! où je fais feu avant que mes gens ne donnent l'assaut.

Les janissaires se regardèrent effrayés, et semblaient interroger le Thorbaschi qui, n'écoutant que sa fureur, tira à demi son sabre du fourreau.

—Rends ton sabre, Thorbaschi, lui cria Flamming, où je me verrai forcé de te brûler la cervelle.

—Ce maudit giaour a fait son apprentissage auprès d'Éblis lui-même, s'écria le Turc en détachant son sabre de sa ceinture, et le jetant aux pieds de Flamming.

En ce moment, les soldats de Malte, encore vêtus en matelots, et ayant Paolo à leur tête, pénétrèrent dans la salle. Le Thorbaschi les regarda avec mépris:—Par le Prophète, s'écria-t-il, comment avons-nous pu nous rendre à cette canaille!

—Ne t'afflige pas de cela, lui dit Flamming; demain tu sauras à qui tu t'es rendu, et je te promets que tu n'auras pas à en rougir.

Léontaras, qui cherchait à s'échapper dans le tumulte, avait déjà gagné la porte extérieure ; mais il fut arrêté par les Maltais, à l'insu de Flamming, et conduit au port avec les autres. Le reste de la troupe se remit en marche, et le jeune chevalier, secouant cordialement la main du vieux Lambro, lui demanda pardon du désordre qu'il avait occasioné dans sa maison.

— Fassent les saints, s'écria le vieillard les yeux brillans de joie, que vous occasioniez des désordres semblables dans toute la Grèce, et que vous puissiez nettoyer un jour avec des balais de fer, toute cette fange musulmane qui souille notre belle patrie !

— Adieu ! belle Sciotine, dit Flamming à Dionée. Je ne t'oublierai jamais ; songe aussi quelquefois à ton ami.

— Dieu puissant ! c'est donc un adieu pour la vie ! et elle se jeta en pleurant dans ses bras.

Le chevalier, trop ému pour répondre, serra Dionée contre son sein, déposa un baiser sur son front, et, la remettant dans les mains du vieux Lambro, courut rejoindre ses guerriers.

FIN DU TOME PREMIER.

www.ingramcontent.com/pod-product-compliance
Lightning Source LLC
Chambersburg PA
CBHW070849030726
47504CB00005B/1278